U0782123

格致文库

蝴蝶飞何园

王祥夫

著

山西出版传媒集团
北岳文艺出版社
BEIYUE LITERATURE & ART PUBLISHING HOUSE

· 太原 ·

图书在版编目（CIP）数据

蝴蝶飞何园 / 王祥夫著 . — 太原：北岳文艺出版社，2019.1
（格致文库）
ISBN 978-7-5378-5740-6

Ⅰ . ①蝴… Ⅱ . ①王… Ⅲ . ①散文集—中国—当代
Ⅳ . ① I267

中国版本图书馆 CIP 数据核字（2018）第 250050 号

书　　名：蝴蝶飞何园
著　　者：王祥夫
责任编辑：关志英
书籍设计：鸿儒文轩·书心瞬意

———————

出版发行：山西出版传媒集团·北岳文艺出版社
地　　址：山西省太原市并州南路 57 号
邮　　编：030012
电　　话：0351-5628696（发行部）
　　　　　0351-5628688（总编室）
网　　址：http://www.bywy.com
E－mail：bywycbs@163.com
经　销　商：新华书店
印刷装订：北京中华儿女印刷厂

———————

开　　本：787mm×1092mm　　1/32
字　　数：110 千字
印　　张：7
版　　次：2019 年 3 月第 2 版
印　　次：2019 年 3 月北京第 1 次印刷
书　　号：ISBN 978-7-5378-5740-6
定　　价：45.00 元

水，活活地流着
——从《祥夫言事》说起

卫洪平

　　五年前我刚来大同，见《大同日报》"云冈"副刊有个专栏《祥夫言事》，读了《从画说到肥皂》，旁批："祥夫此文让我想到张岱，散散漫漫，随手写着，一种气息弥散开来。"

　　不久张焯介绍认识了王祥夫，且熟稔起来，读到他更多的新书、旧著。《祥夫言事》专栏也一路读下来，大约已逾两百篇矣。怎么说呢，借用汪曾祺写河南林县红旗渠的话，就是："水在山腰的石渠中活活地流着！"

　　王祥夫推崇的人不多，汪曾祺是一个。他和汪先生有些像，都以短篇小说见长，都擅长文人画，画的名气也都不小。还有，都喜欢写散文随笔。汪先生写紫薇："根本分不清它是几瓣，只是碎碎叨叨的一球。"王祥夫写瓜子："倭瓜子不像葵花子那么碎叨，最碎碎叨叨的是那种黑色的小葵花子。"汪

1

先生在张家口沽源下放过，王祥夫长年在大同，"碎碎叨叨"大概是坝上和塞上一带民间的口语吧。俩人散文随笔的语言、格调，都碎碎叨叨的，但又各是各。如果说汪先生是三秋树，王祥夫就是三棱镜：里面有二月花，有三秋树，也有六月雪。

王祥夫平时爱看新闻，一次动了气，将一杯茶水泼到电视屏幕上，但过后还是要看。他说："多少年来，我心里有很多的愤怒，只是这几年，愤怒好像慢慢慢慢消淡了许多，而忧郁却像是多了起来。"他崇敬鲁迅，半月前云冈石窟研究院和北京鲁迅博物馆为纪念鲁迅诞辰一百三十五周年暨逝世八十周年，在云冈美术馆举办"朝花夕拾——鲁迅的美术世界"展览，我们一起参加开展仪式，他在致辞中郑重地讲："鲁迅先生……在我的心里始终是一座山。""鲁迅先生即使不完美，在中国文学史上依然是一座不可逾越的高峰。"熟悉王祥夫创作的人，知道他常用小说承载愤怒和忧郁，在散文随笔里，那些愤怒的、忧郁的碎片，会使舒缓的笔调峻急、凝重起来。金宇澄说王祥夫小说里有一种"积压在温情背后的寒风"，我看散文随笔里也有。《避雨读画》本意是以画家的眼光，谈中国古典人物画中主要人物与次要人物大小悬殊的问题，却一再提到在高速路上亲身经历的一件添堵的事，感叹"时间过去了几千年，什么大，什么小，到今日还真让人不好说"。只是感叹，没有讽刺。王祥夫笔下多感叹，少诙谐，无讽刺。读《乡村画匠》让我想起小时候家里炕上铺的一块油布，墨绿的底子上开着几朵乡村画匠画的大红牡丹，母亲总是把油布擦得明光锃亮，满屋子喜气。作家忧郁的情绪在我心中激起涟漪："美的时日竟是这样哗哗哗哗水样地流走！"几天前看吴天明导演的《百鸟朝凤》，影片演绎的也是这种无法排解的忧郁。读《井下骡子》我心里堵得慌，作家悲悯的心，显然被那匹在小煤窑斜井下拉煤、极度困乏、极度痛苦的骡子刺得很痛很痛，忘情地一遍遍呻吟着："可怜的骡子！"

古人写庙堂，写江湖，也写家常。归有光、张岱都是写家常的高手，后者更是了得。王祥夫对柴米油盐兴味很浓，爱写家常，文字里有道也有禅。在他看来，"家常之所以好，是有人性人心在里边"。有一年他去湖南好长时间才回来，母亲高兴极了，炒了菜又问他，喝酒吗？他说喝，母亲忙给他倒酒，才喝三杯，母亲便说喝酒不好要少喝，他放下杯子，母亲笑了，说离家这么久就再喝点儿……母亲"又怕儿子喝，又想儿子喝"，我含着泪笑着读完，这个细节怎么也忘不了了！他还写过母亲的假牙、母亲的吊兰、母亲蒸的馒头、母亲做的春饼。《画芍药记》里提到父亲："芍药开花的时候家大人会搬一把藤椅坐在芍药那里喝茶，既然时已入夏，父亲穿一条淡米色派力士裤子，上边是白府绸衬衫，人坐在那里真是爽然好看。"一处闲笔，使这位在日本长到十八岁才回来，二十世纪五六十年代经常穿着棕色皮夹克、挂着望远镜、背着双筒猎枪去打猎，又爱在家里做枯山水的"家大人"灵光一闪。

王祥夫笔下的家常，很博也很杂，学、识、才、情、趣味，糅合在一起。生活中许多名物，人们只是见过、吃过、听过、玩过，知其一，哪知其二其三。王祥夫好厉害，知之多，察之也详，写过：桃、樱桃、杏子、蓖麻、黑鱼、虾、螺蛳、田鸡、灶鸡、酒、酱、黍、黄米、山药、冬瓜、藕、毛豆、豆腐、玉米、荞麦、高粱、荠菜、宁武蘑菇、麻花、角黍、茄盒儿、浆水面、羊杂割、南北油茶、咸菜慈姑汤，还有梧桐、棕榈、菖蒲、沙棘、竹器、红湘妃、六道木、铁如意、手风琴、吉他、荷花、牡丹、丁香、山茶、芍药、天竺葵、眼镜、伞、香、香道、胭脂、梅瓶、山子、拔步床、竹夫人、骆驼、蛤蟆、蝼蛄、蜣螂、知了、蝈蝈、麻雀、猫、红蜻蜓、砗磲、紫藤、猪鬃、酒瓶、甩子（拂尘）、砚瓦、毛笔、玉臂搁、琉璃咯嘣儿……

琉璃咯嘣儿晋南叫"圪棒棒"，我小时候也吹过，前年去古城一家民俗博物馆，见到大同生产这种玩具的老照片，感到亲切。读了《玻璃乐器》引用的《波斯工艺美术史》上"以玻璃做吹器也"，才知道这种玩具的制作工艺，早在公元四五世纪就从波斯传到东方大都会北魏平城了，一时思接千载！王祥夫喜欢香，写作时会烧一点点沉香屑，文士的优雅，民间的情怀，缭绕笔端。我佩服他说的"民间香道"：夏天的"晚上，点一根艾草，既熏蚊子又闻香，我以为这便也是香道，民间的香道"。他还从原生态琥珀里边"无限的不可知"，悟出短篇小说写作的妙谛。

和汪曾祺一样，王祥夫也喜欢谈吃。爱读《随园食单》《知堂谈吃》《学人谈吃》，在他眼里，《随园食单》比《随园诗话》还要好。谈吃的文章，有长篇散文《食小札》，随笔集《四方五味：中国民间饮食文化散记》，新出版的《青梅 香椿 韭菜花》有不少也是谈吃的。我和几个朋友还品尝过他烧的一道新鲜的马兰头，那是南方一位朋友给他快递的。

在谈吃谈玩的文字里，王祥夫常会写到风俗，有世道人心在里面，社会学、民俗学研究者会感兴趣。他又好收藏，赏玩藏品的时候留意古代风俗。他有一只四个银管绞成的辽代银镯，"霸悍好看"，千年前一位年轻的将军戴着它战死沙场。王祥夫买下后请金店的朋友用吹灯打理，结果吃了一惊：细细的银管里，居然塞着手抄的祈求平安的《心经》！于是他写了一篇包罗恣肆的《辽代银镯记》。他还在收藏的古镜上发现，"五月端午，这一天在古时是做镜子的时间，要用江心水，许多古镜上都有'五月五日江心水做照子'字样"。

王祥夫是一位博物家，爱玩儿，也会玩儿。那么多的名物到了他那儿，入眼、入手、入脑、入心，有些还能入画，他的画蔬果草虫居多，玉米、谷子、蜻蜓、蚂蚱……题款也有意思，画白菜、菌子，喜欢题"山民清馔"，而不是"君子清白"之类。他偶尔题在画上的文字也是有趣的随笔。

要说王祥夫最喜欢的，我看还是梅花。他十三岁跟着父亲的朋友朱可梅学画金农的梅花，十四五岁读周瘦鹃《盆栽趣味》便喜欢上那里面一盆宋梅，五六十岁推崇"文学老梅"台静农画的梅花和《龙坡杂文》。梅花，数十年间他画了多少，写了多少，真不好说。仅文章标题带"梅"字的就有，《友梅》《说梅花》《纸上的梅》《另一种梅》《〈腊梅珍禽图〉的细节》。难怪他对宋代那位"霸"梅为妻的林处士，表示过不满。年年春节，他家的对联都是："春随芳草千年绿，人与梅花一样清。"他说做人要像梅花一样，"一点一点从苦寒里开出那最好的花"，又说"艺术"二字要从眼上过，再从心上来，做人做事也如此。

　　王祥夫不爱往热闹的地方去，常年在黍庵，做阳台农民，读书、写作、画画、品玩，一日不作，一日不食。南北几家报刊给他开着散文随笔专栏。他的文字都从心上来，从广阔的大地来，从深厚的传统来，平常中有诗意，散漫中有节律，一篇一篇，像挂在山腰的石渠中的水，活活地流着……

　　　　　　　二〇一六年端午节写，六月三十日夜改定

目录

第一辑　一揖清高

蝴蝶飞何园　/3

麻雀在一九五八　/6

一揖清高　/10

女曰鸡鸣　/13

蚂蚁如果比人大　/16

井下的骡子　/20

小毛驴畅想曲　/25

勇敢的老鼠　/29

第二辑　母亲的馒头

干菜的滋味　/35

母爱　/39

母亲的馒头　/43

八十岁的面条儿　/48

人到中年　/50

第三辑　阳台农民

闲章 /71

爬格子 /75

案头 /79

写字 /84

读书与写作 /88

书边随笔 /111

阳台农民 /136

阁楼 /140

第四辑　且说胜利

读报 /147

转市场 /152

庙宇与学校 /156

且说胜利 /160

宝贝字典 /164

富贵衣　/169

妆点　/173

赌酒　/177

八十年代的书店　/181

说幽默　/185

第五辑　敢遣春温上笔端

《纸上的房间》自序　/191

敢遣春温上笔端　/193

读画说大小　/196

纸上的房间　/200

跋　/205

第一辑 一揖清高

蝴蝶飞何园

　　"蝴蝶飞南园"，"池塘生春草"这两句古诗，已经记不清楚作者是谁了，原是两首诗里的各一句，但我硬是喜欢把它们当作上下联写在一起。又是蝴蝶，又是春草，又是南园，又是池塘，这两句诗真是清新而绮丽，无端端让人觉得满乾坤间都是春天的气息。说到蝴蝶，不喜欢它的人很少。曾经在潘家园的旧书摊上买到过一本《唐五代词》，上海古籍竖排本的那种，书的主人在上边用铅笔做了不少批注，而更让我喜欢的是书里夹了不少花花朵朵和蝴蝶的标本，我想这本书是在其主人不知情的情况下被当作废纸卖了出来。里边的蝴蝶被压在书页里居然没有损坏，蝶翅上闪闪烁烁的宝蓝色真是好看。那年去云南，有蝴蝶标本卖，一时买了许多。枯木蝶虽然是十分的稀有，但不好看，那种宝蓝色的大蝴蝶真是好看。后来在北京的潘家园又看到这种宝蓝色的大蝴蝶，一只已经要到二百多元。

说到蝴蝶，是不分南北的，南方有，北方也有。即如我小时候，经常去菜地旁边捉那种名叫"白老道"的白蝴蝶，白色的翅子上有两个小黑点，翅膀梢上还会有一点点黄。这种蝴蝶在菜地上飞来飞去令人眼花缭乱。而我小时候独喜在郊外才能看到的那种很小很小的蓝蝴蝶，翅子上有一排黄色的花纹，但这种小蝴蝶总是让人捉不到，又总是在你身边翩翩地飞来飞去。还有就是榆树上的一种大蝴蝶，金红的翅子上有宝蓝色的点子，华丽的不能再华丽，让人真是喜欢，小时候只要见到它就会跟上它跑，不问脚下深浅。

我的第一部长篇小说的书名就叫作《蝴蝶》，出版社为了好卖，又在"蝴蝶"前边加了两个字"乱世"——《乱世蝴蝶》。幼时随家大人去看越剧的《梁山伯与祝英台》，看来看去只是唱，让人觉不出什么好，只是看到结尾处梁山伯和祝英台忽然化作两只蝴蝶飞出来才有一点点让人开心。印象中，蝴蝶总是在飞，不停地飞，而那

4

次去云南，我却遇到一只不肯飞的蝴蝶，它只落在你的手上，你把它挥去，它又落过来，这真是怪事一桩，后来我把它移交给舒婷，舒婷就让它落在她的手上把它带到了车上，后来的故事是舒婷告诉我那只蝴蝶在她的背包上产了许多晶晶莹莹的卵。这是一只急于生产的蝴蝶母亲。

蝴蝶好看，但不易画，画家于蝴蝶，实实在在是一件让人头疼的事，越漂亮的蝴蝶画出来越假。白石老人也只那种黑色的蛱蝶画得好，一笔，两笔，三笔，四笔即成，若是花蝴蝶，起码是到了老年后白石老人很少再画。近百年来，只靖秋女士的蝴蝶画得不俗。靖秋女士是清道光帝的曾孙女，溥雪斋的亲妹妹，真正的金枝玉叶。我见她一把扇面，上边落三只蝴蝶，用色勾线果然轻灵可爱。

吾乡有句话，英雄莫问出处。说到蝴蝶也是，蝴蝶虽漂亮，但你莫问蝴蝶之出处，再漂亮的蝴蝶当年都是毛虫，几乎无一例外，所以，我们只说它现在的如何漂亮即可，不说它过去是如何蠕蠕地来去，再漂亮的蝴蝶，只是它今天漂亮，而它们的过去，无一不是害虫。

麻雀在一九五八

　　我父亲把麻雀叫作"家雀儿"，之所以在雀字前面加了一个"家"，也许因为麻雀喜欢住人家的房檐，所以也招人烦，叫得让人烦。我现在住的顶楼的瓦片下就住着一窝麻雀，那片瓦稍稍朝上翘了一点，那窝麻雀就因地制宜地住在这片瓦的下边，我每天从窗里看着那两只老麻雀忙来忙去，但就是看不到小麻雀露面。那天有工人上来修房顶，我忙对他说"别踩那片瓦！"那个修房顶的工人说他已经看见了，那两只老麻雀急的什么似的，在不远处飞来飞去。还有一天下大雨，我站在窗子前看着那片稍稍翘起来的瓦，看着雨水"哗哗哗哗"在上边流，我想瓦片下的那麻雀一家子日子肯定不怎么好过，那瓦片之下，一共有几只麻雀？两只老麻雀，再加上几只小麻雀？三只？四只？白天日头那么毒，它们热不热？

麻雀是鸟类，它们不会写历史，如果它们会写历史，那它们一定会对人类充满了不满，饭店里有一道菜是"椒盐油炸麻雀"，一盘子上来，顷刻便会被人们吃光。且嚼之有声，"咯吱咯吱，咯吱咯吱"。麻雀小，一下油锅，连骨头都酥了。这种东西我向来不吃，我也不知道那么多麻雀是怎么弄来的？人类对付麻雀是有经验的。古时的人们向来认为麻雀是性欲旺盛的家伙，可以大大地把人类的阳壮一下，让人们普遍地兴致勃勃起来！"雀脑"是著名的壮阳药。八大山人是观察过麻雀的，在他的笔下，一只小麻雀，发了情，夼着翅膀，翘着尾羽在那张价格想来应该不菲的纸上跳叫。八大山人的观察能力真是非凡。

麻雀不会写历史，如果会写历史的话，一九五八年对麻雀来说是个十分坏的年头。麻雀的名声在那一年算是坏到了家。人们不但把麻雀归到了"四害"里边，而且排在最后一个。那一年人们要灭绝麻雀，但终归无法灭绝，至今麻雀依旧四处跳叫生机无限。我个人比较喜欢听麻雀叫，早上，是一片声的合唱，在太阳刚刚升起

7

来的那一刹间，麻雀会一片声地叫起来。晚上，麻雀会落在树上叫，也是一片声的叫。郑板桥好像也喜欢听麻雀叫，他在他的一封信里还说过养鸟的最好办法就是种树，有树鸟就有好日子过。但也有人不喜欢麻雀的叫声。有回忆文章说毛泽东总是晚上不睡白天睡，早上就得有人站在丰泽园的树下赶麻雀，用一个长竹竿子，上边绑个布条子，那是只能赶，又不能打枪，又不能大喊，更不能用机关枪和原子弹！我想毛泽东是讨厌麻雀的，昔年读毛泽东的诗词《鸟儿问答》，那诗里的"雀儿"，虽没写明是什么鸟儿，但我马上明白那一定是麻雀。麻雀有那么让人讨厌吗？人们把麻将又叫作"雀牌"，是嫌它吵，洗牌的时候可不是吵，半夜三更，简直就像是一群麻雀在叫，尤其是在夜间。这是一种对"雀牌"为什么叫"雀牌"的上海方面的解释。

宋人画麻雀画得真好，曾见宋人《竹雀图》，竹、雪、麻雀，年代既久，颜色脱略，却让这幅画更加的耐看。我以为，工笔的麻雀要比写意的麻雀来得好，但当代画家画工笔的麻雀的很少。"雀"与"爵"几乎同音，古人多画"麻雀"其用意不难诠解。

我看到过一九五八年的一幅老照片，几个人站在一个很大的"什么堆"旁，看照片说明，再仔细看那个"什么堆"，才知道那"什么堆"原来就是死麻雀堆。看这样的照片，令人内心戚然。

小时候我养过麻雀，麻雀的小爪子最娇嫩而怕热，所以不能用手去握它。麻雀吃虫子也吃粮食，但如果有虫子，它就不吃粮食，道理十分简单，虫子毕竟是肉。麻雀不是候鸟，冬天来了，它们也不搬家，到了大寒，麻雀像是不知道都去了什么地方？也许都冻死了？其实它们还都活着。倒是下大雪对它们不利，连日大雪，麻雀找不到东西吃，飞来飞去，跳来跳去，然后不动了，躺在那里，一顺儿，两只粉红色的小爪子朝后蹬，也是一顺儿，死了。让人心里感到戚然。

最好听的声音莫过于雨后，太阳出来，满林子的麻雀一齐放声喧叫，好听！不管是谁，睡不着觉是自己的事，与人家麻雀有什么关系。

一揖清高

夏天去北京，鄙人有时候会在黄昏的时候在故宫角楼的护城河边一坐老半天，说来好笑，不为别的，只为看蜻蜓。旧宫苑的护城河边多红蜻蜓，是成百上千，或者是更多，而鄙人从小看的多是那种蓝蜻蜓，或者是那种亮灰色的。少年的时候捉蜻蜓用蜘蛛网，找一根一头开叉的长树棍，再到处找蜘蛛的网，把蜘蛛网拧在开叉的那一头，然后去护城河边找蜻蜓，蜻蜓找到了，只需轻轻一粘，没有能跑掉的道理。捉蜻蜓好玩，但蜻蜓捉来就不好玩了，也只能在它尾巴上拴根线看它飞，这有什么意思呢？一点意思都没有。鄙人从小学画，是从"芥子园"开始，但现在已经想不起"芥子园"里边有没有关于蜻蜓的画法，不看《芥子园画谱》已经有许多年了。但说到蜻蜓其实不用看，都在心里。各种的昆虫里，蜻蜓的头会转，它一动不动停在那里，其实它的头在转，它不会回头，也不会掉过脖子看你，它的头是像方向盘那样转，很滑稽。蜻蜓的眼睛里像是有一个黑点，但那个黑点到底在什么地方谁也说不清，因为蜻蜓的眼里像是有雾，蜻蜓的两眼前边还有两根须，很短，我们叫它眉毛。如果和眼睛相比，这眉毛可真是太短了。

蜻蜓是昆虫里边的食肉者，它从不吃素，只吃肉。螳螂也是肉食者，而且更厉害。如果二者相遇，不知道它们谁会把谁给吃了。蜻蜓飞，螳螂也会飞，但螳螂比不过蜻蜓，螳螂的肚子大，飞得时候给大大的肚子坠着，它永远不会像蜻蜓飞得那么久那么远，所以我相信它永远不会把蜻蜓给吃了。蜻蜓有各种颜色，螳螂也有各种颜色，绿螳螂是紫肚皮，那个肚皮的紫和茄子的颜色差不多，非常的与众不同。麦秸色的螳螂是黄肚皮，这就没什么特别好看的地方。红蜻蜓是一红到底，尤其是漓江上的那种小红蜻蜓，那个红啊，真是好看，连翅子都是红的，让人看了头晕，它们就像是一个又一个的新娘子，穿了大红的衣衫去完婚，可它们去什么地方完婚？它们的新郎在什么地方，它们只是追着船飞，一直

飞，一直飞，高高下下地飞，让人眼花缭乱。我画红蜻蜓，是先用朱砂勾一遍，再用胭脂勾，然后再用淡淡的朱砂罩一遍，我和白石老人不一样，白石老人的蜻蜓眼没那个亮点，我要有，有亮点才好看，才水灵。蜻蜓的眼睛其实不反光，但我喜欢让它亮，我喜欢让它有一双水灵灵的大眼睛。

中国画的蝴蝶和猫，如果画在一起，不用问，是画给老人家的，可以题"耄耋图"。如果画一只喜鹊，再画一枝梅花，可以题"喜上梅梢"。而我画蜻蜓便不知道有什么意思在里边？画二三十年蜻蜓，二三十年都不知道画蜻蜓有什么意思在里边？如果画一只蜻蜓再画一只伯劳鸟，或者就可以题为《勤劳图》，但伯劳鸟长什么样？不知道。北方有伯劳鸟吗？不知道。鄙人的一位老师叫李健之，他过生日，八十的整寿，我画一只老来红和大石头给他庆寿，上边是四个写得很不好的篆字："与石同寿"。健之老师看了说"我要蜻蜓"，我说您要蜻蜓做什么？健之老师说，把蜻蜓画在上方，这叫"清高图"。

老师毕竟是老师，是为记。

女曰鸡鸣

《诗经》之好，是要人知道古时先民们的生活，虽岁月迢迢，时隔数千年，其实他们和我们现在亦差不多，不外是吃饭穿衣睡觉。读《诗经》，常常能让人会心会意，少年时读不加注释的白本，如《卢令》，起首第一句"卢令令"，一下子便让人明白那只狗的脖子上原来是挂了一只铃，跑过来，自有响动。再如读，"氓之蚩蚩，抱布贸丝，匪来贸丝，来即我谋。"便让人想笑，两个字"蚩蚩"真是传神，既有声音，样子也像是清清楚楚就在眼前。《女曰鸡鸣》这一首的好在于它的一问一答，女的说鸡叫了，起来吧，男的说天还没亮，再睡会儿。却不知他们在天将亮未亮之时正在做什么？起来后又要去做什么？男耕女织或射猎采桑？古人的生活说来也简单，桑田之下即便有故事发生也青天白日，不说罗敷，只说平西归来的薛平贵。一块金子掷在地，照样是只换来一把黄土扬在脸上。青天便是青天，白日便是白日。也只那时，才有烈女，不为黄金心动。

　　《诗经》里许多地方都写到了鸡，可见古时养鸡之普遍。现在的城里，几乎没有人家再养鸡，那年去西泠印社买印泥，忽然听到了鸡啼，心想这毕竟是西湖，容得鸡鸭嗒嗒呷呷，再出去看那鸡，原来是关在笼里准备养肥了杀来吃。一时让人气短。再一次是去宠物市场，看到卖雄鸡的，有红公鸡绿尾巴的那种，还有芦花鸡，一道黑一道白格外好看，衬的鸡冠越发一如丹砂。便想买只养在露台上，一时又不敢买，天天乡下翁媪一般的又是"咕咕咕咕"地喂食又是一遍一遍地打扫鸡舍，想想，也只好作罢。有把鸡当作宠物养的，主人躺在床上睡觉时鸡便卧在主人身上，只是不知道鸡屎会屙到什么地方？鸡当然是不撒尿的，鄙乡有句话是"鸡不屙尿，自有门道"，原是说一个人办事有他自己与众不同的办法。写到这里，忽然觉得应该去翻翻书本，看看禽类是怎样解决它们的小便？是不是所有的禽类都不撒尿？不过它们不撒尿也好，譬如大雁，成群地从南方飞来，忽然纷纷地在人们的头上小便起来总不是一件好事。

《女曰鸡鸣》这首诗是在说公鸡，早晨是鸡鸣的时候，我们那地方把公鸡叫作"叫明"，而从《诗经》往后历数近三千年，延安有出小秧歌戏叫作《兄妹开荒》，却说雄鸡是在唱，"雄鸡，雄鸡，唱呀么唱三唱，唱得那太阳红呀么红彤彤。"其实它不唱，太阳也不会变紫。但人们要把这功劳给了雄鸡也不是没有道理。公鸡司晨，一如钟表。过去不分城乡地都在养鸡，除了有蛋吃，还不会睡过了头。

鄙人现在虽无法养一只大公鸡在家里，却买了一把大红的鸡毛掸子插在那里。再说公鸡，实在是要比鸭子好，起码它的毛还可以做掸子，鸭毛可以吗？好像不可以。

蚂蚁如果比人大

　　街上有没有卖蚂蚁酒的我不知道，我朋友家中有，一次吃饭，我的朋友拿出一瓶，瓶子里有一半儿黑乎乎的都是泡在里边的蚂蚁。这样的酒我不敢喝，我的朋友力劝我喝一些并说对关节有莫大的好处。我的关节向来好，我认为我没喝蚂蚁酒的必要。我对蚂蚁没意见，但看到那么多黑麻麻的蚂蚁给泡在酒里边，我的身子就会发痒，像是那些蚂蚁已经爬到了我的身上。昆虫里边，我好像只吃过蝗虫，还是小的时候，兴致勃勃地到野外去，把逮来的蚂蚱放火里烧，别人吃，我也吃，别人吃了没事，我吃了却大吐。说到吃，我是个食性正常的人，但有些东西我是不吃的，比如牛鞭，那不是往嘴里放的东西，我不吃，比如猪和牛的脑子，黏乎乎的样子让我不能欣然领教。蝎子、知了和各种的昆虫蛹我都不吃。

可以说，蚂蚁是我小时候的伙伴，我想许多人都对蚂蚁有过兴趣，蹲在那里看蚂蚁忙忙碌碌是一件很好玩的事，一只蚂蚁会搬动比它的身体大得多的东西，最让我感动的是一群蚂蚁同时搬运一条尚在蠕蠕而动的虫子，那些小蚂蚁又是拉又是揪，终于把那条虫子搬到了洞里。看蚂蚁打架也很好玩儿，把一只大蚂蚁放到小蚂蚁的家门口，大蚂蚁便和小蚂蚁会很快就打起来。蚂蚁是一种无处不在的昆虫，它可以在厨房里安营扎寨，把你要吃的东西都事先品尝一下，一块点心上密密麻麻爬满了蚂蚁，我想你便不会再对那块点心感兴趣，扔出去，让狗去吃吧，狗一张嘴，非但点心，点心上那成百上千的蚂蚁便到狗肚子里去做永不回归的旅游。

山里的蚂蚁可能和城里的蚂蚁不同宗，要大得多，山里的蚂蚁爬到你的胳膊上，张开嘴里的钳子样的东西把你的肉一夹，还挺疼。我的小学同学孙建林教我怎么吃蚂蚁的屁股，说是很酸，他说很酸，我就想知道是怎么个酸，我学着他的样子，把大蚂蚁的屁股放嘴里，一吮，果真是很酸，被咬掉屁股的蚂蚁不会马上死掉，放在地上，又兀自急忙忙爬走。

蚂蚁是一种集体主义思想浓厚的昆虫，所以我觉得这是一种聪明的昆虫，大雨来临之前，蚂蚁会排成黑乎乎的长阵做雨前的大迁移，那阵势多少有些让人感动，因为人有时候已经很不如蚂蚁了。下大雨的时候，我曾经想过地下的那些蚂蚁，它们是怎么在水底生存？水是否已经淹没了它们所有的家园？但一雨过天晴，那些蚂蚁又爬出来，去寻找食物，去搬运石子，去合力扛一只肥大的虫子往它们的家中拉。

我不知道是什么人发明了蚂蚁酒，也许是非洲的黑人们？我在一个电视片子里看过黑人挖蚂蚁窝的镜头，把蚂蚁窝挖开，露出了里边很复杂的蚁穴，那么多的蚂蚁都知道了末日的来临，护卫着它们的母后，那母后白白胖胖简直不像是蚁类，还有很大个儿蚂蚁蛋，那些黑人像吃葡萄一样，一颗一颗地把蚂蚁蛋放在嘴里，很香的样子。我认定了蚂蚁酒是他们的发明。

我不喝蚂蚁酒，因为那很残酷，一瓶子酒里有半瓶子蚂蚁！一只蚂蚁是一条命，十只蚂蚁是十条命，一千只蚂蚁就是一千条命，一瓶蚂蚁酒里何止一千只蚂蚁。

众生平等的思想人人都知道，但实行起来就很难，这就是人类，人类其实是所有地球生物中最可恶的一种，最残酷也最无耻。如果忽然哪一天蚂蚁都一下子奇迹般长大，每一只蚂蚁都有大象那么大，到时候人类想忏悔都来不及。

    我想应该有这么一天，蚂蚁普遍都比人类大十倍。

井下的骡子

　　动物的眼睛特别的单纯。好多次，我面对着一匹马或一头牛，看着它们的眼睛，发现它们的眼睛真是要比人类的眼睛清澈得多，水汪汪的，正是我们常说的那种"水汪汪的大眼睛"。眼睛是心灵的窗子，但我们人类互相沟通情感更主要的还在于语言，当然一个眼神也许会让对方明白你的意思，但这只限于人类之间。如果你想用目光和动物互相沟通一下情感恐怕不那么容易。

　　现在在城里我们已经很少能见到骡子了，城市毕竟不是乡村，有青草和草垛，即使在乡村，人们一般也只养养牛和驴，骡子的个头大，力气也大，所以也能吃，一般的农田活儿，牛和驴就能对付了，所以人们很少养骡子。让我想不到的是，去年在小煤窑却看到了一头一头在井下拉煤的骡子。

晋北的小煤窑，当然不是那种国营的大煤矿，而是那种打个斜井慢慢朝地底延伸下去的小煤窑，因为是小煤窑，没有运输煤的煤溜子，那煤在过去是靠人背，把煤一篓一篓地从井下背到上边来，而现在却是靠骡车，那些骡子想到过没想到过，它们生下来竟然会在人们的驱使下做这种不见天日的工作，被人成年累月地赶到黑洞洞的井下去，一车一车地从井下给人们往地面上拉煤。早上起来，照例是吃它们的早餐，草料和水，当然没有面包和牛奶，骡子也不需要这些，然后就给套上铁架子车去下井。井下是黑的，隔一段只有那么一盏灯，但灯光毕竟不是阳光，还有煤尘，那煤尘几乎要往你每一个毛孔里钻，更不用说肺和呼吸道。小煤窑，无论冬夏，是闷热的，下井的男人们，既然没有女人，他们有时候就全身赤裸了，而骡子怎么能够脱掉它们与生俱来的皮袄？煤窑的巷道是漫长的，拉着一车煤慢慢慢慢，慢慢慢慢努力从井下爬上来，少不了挨鞭子，从井下拉着重车往井口走要经过一个漫长的缓坡，上这个坡是不能停歇的，若是人，还可以喘一口气，但骡子拉的是两

21

个轱辘的煤车，是不能停的。它们想停，但车轮和鞭子不同意。它们努了多么大的力，终于到井口了，看到了阳光了，但那刺眼的阳光一下子又让它们睁不开眼，从井下上来的车主可以在上井之前把墨镜戴上，这样刺眼的太阳就不会让他们的眼睛难受，但骡子却不可能。等它们的眼睛适应了地面上的太阳，又很快再次被赶到井下去。多么可怜的骡子！主人从井下上来还可以洗一个澡，而骡子一次次地上来，一次次地下去，直到天黑！然后是天还没亮，又要被赶到井下。

可怜的骡子。

那天，我面对着一头刚刚从井下上来的骡子，它那被汗水濡湿的皮毛已经让人弄不明白它本来的颜色，你很难说出它是一头黑骡子还是一头灰骡子，它的大大的眼睛周围全部是煤尘，鼻孔的周围亦全是煤尘，煤尘被泪水和鼻涕一层层堆积在那里。它浑身上下都是从井下带上来的煤尘。我从来没看到过一只骡子会喘成那样，肚子一起一伏一起一伏，一起一伏一起一伏，后腿部的肌肉忽然中了电样抖了起来，瞬间又像中电样传遍了全身。紧接是前腿的肌肉也像猛地被电击了，抖了起来。

22

然后是，骡子不知是舒服还是痛苦，猛地摇头了，鼻子发出"吐噜，吐噜，吐噜，吐噜"的声音。看样子，它想卧下来，但它的身上还架着铁架子煤车，它的前腿刚刚曲了曲，旁边的车主便跑过来扯紧了笼头。刚刚拉上来的一车煤已经被卸掉，主人也已经抽完了烟，他也是疲累的，但更疲累的是骡子。我面对着这头骡子，心里突然是那么难过，是那么难过。它的眼睛，它的鼻孔，都被煤尘镶了一个黑圈套儿。它不会说话，它的肚子一起一伏，一起一伏。一起一伏，一起一伏。我看着它的眼睛，它亦看着我。我突然想摸摸它那中了电样不停抖动的臀部，但它又被拉着，强迫着，转过去，转过去，车主用很难听的话骂着，迫使它转过身去，车主用很短很粗的那种胶皮鞭子迫使它转过去，它转得真是很笨拙，因为它太累了，一点一点，很不情愿，在煤场一点一点转过了身子，朝井口的方向，一点一点，很不情愿地走过去。一点一点进到了那个黑洞洞的煤窑窑口里，太阳正从它身上一点一点消失，终于全部消失了，它也终于又消失在煤窑的窑口了。

我跑了几步，想看看这可怜的骡子怎么拉着车往黑洞洞的井下走。但在雾样的煤尘中，能看到什么？只听到铁架子煤车"哐啷，哐啷"的声音。

我根本就忘不掉那头骡子的眼睛，我不知道它的眼睛在想说什么？我想它现在应该还在井下，做着拉煤的工作，拉着铁架子车，摸着黑，努力上着坡，出着淋漓的大汗，几乎终日见不到太阳，肚子一起一伏，一起一伏，一起一伏，一起一伏……

可怜的骡子。

小毛驴畅想曲

　　小毛驴和高头大马不一样，高头大马动辄让人想到冲锋陷阵，小毛驴却也许会让你想到陆游的诗句"细雨骑驴入剑门"。诗人与驴发生关系不仅仅是在诗人的诗句里。李商隐的《李贺小传》里这样写道："恒从小奚奴，骑駏驉，背一破锦囊，遇有所得，即书投囊中。"駏驉一说是骡子，另一种说法就是小毛驴，我是宁可相信李贺骑的是一头小毛驴而不是骡子，李贺那么瘦，骑一头小毛驴正相匹配。

　　驴、骡、马三者，数驴个头小，个头大有好处，但个头小也有好处，个头小首先吃得就少，想骑的时候一跨腿就能上去，不像高头大马，上马下马就是个事。高个子骑小驴虽然看上去多少有些滑稽，两条腿几乎要拖到地上，但方便，想从驴背上下来，只需"吁"的一声，一抬腿，人已经离了驴背。

现在人们都在关心环保问题，担心臭氧层会像得了癌症一样彻底坏掉，究其主要原因就是汽车多，数不清的汽车成天在街上跑，把它的排泄物不停地排向空中，直把臭氧层排出一个让人绝望的大窟窿。

如果，忽然通过一条政令，所有人们只许骑小毛驴，从而减少车辆在街上的行驶，那么，情况会一下子变得多么好。一头小毛驴再贵，也不过数千元，每天的草料也只不过是几块钱，隔三差五地给小毛驴改善一下生活也只不过是给它吃点料豆，一斤黑豆八毛钱，它就是一顿吃掉三斤，也不过是二块四毛钱尔尔。别发愁单位没地方拴驴，车库正好改作驴厩。

骑驴的好处还在于可以接近群众，汽车不好到的地方，小毛驴总是会四蹄"嗒嗒"地走到，也不用担心堵车现象出现，也不用愁找不到加油的油库，只要是有草的地方，把小毛驴放开它自己就会吃饱。小毛驴真是要比小汽车好得多。谁说现代都市不能骑马和小毛驴，那么宽的车道让小毛驴跑起来真可以说是

"英雄大有用武之地"。再说骑小毛驴也可以锻炼身体，骑着小毛驴一阵奔波，身上早会出了一阵透汗，难道不有助于健康？

你也不用担心小毛驴会到处拉屎，人们可以给小毛驴的屁股后边挂一个粪袋，粪袋当然可以讲究一些，讲究一点的可以考虑是否用古锦囊。只是撒尿不好解决，常见乡间的小毛驴，走着走着忽然停住，两条后腿微微分开，"哗哗哗哗"的声音便会响起来，怎么解决小毛驴撒尿的问题？完全可以交给科研单位去解决，或者给小毛驴弄一个暖水袋样的皮囊挂上？总之，全世界都应该普及小毛驴，比如英国的撒切尔夫人要到中国来访问，便可以约了美国的总统一同骑了小毛驴来，一边骑着小毛驴向中国出发，一边谈论一些国际问题，那情景，想来也让人觉得亲切。只是美国总统个子太高，要考虑骑一头大一点儿的小毛驴，还应该考虑的是美国总统不要让他的小毛驴把屎拉到人家南斯拉夫去，虽然是拉屎，也应该拉到他们美利坚合众国的国土上。

据说驴粪是培育玫瑰的好肥料，美国白宫玫瑰园里的白玫瑰到时候想必不会再缺少花肥。小毛驴的好处实在是多矣，小汽车的好处又在哪里？望望天空。想想人类共同的心病——臭氧层上的那个大黑洞，真是让人觉得全世界都有必要认真研究一下小毛驴问题。

勇敢的老鼠

　　我的新家在城墙之下，刚搬过去的时候，后边的那栋楼还没有竣工。所以我住的这栋楼和后边的那栋楼之间堆了许多沙杆儿，碗口粗的沙杆一直堆得有城墙那么高。我很快就发现那沙杆里住着许多老鼠，它们经常从沙杆的缝隙里跑出跑进，找到点儿什么吃的，然后再急匆匆地跑回到沙杆儿的缝隙里边去。有三种动物是人类的追星族，一是狗，二是马，三就是老鼠。它们总是追随着人类，尤其是老鼠，与人类的关系最亲近，只是人类有点儿讨厌它们，想尽了一切办法要消灭它们。用药，用夹子，用猫……人类是讨厌老鼠的，喜欢老鼠的人很少。老鼠被人追急了，跑起来就像一个球在一跳一跳，想必老鼠小的时候也上过课，它们的长辈教过它们见了人类就跑。

　　我搬到新家居住后不久，那天，我要出去，开了门，却忽然吓了一跳，一只很大的老鼠，简直就有小猫那么大，胖嘟嘟的，正从楼上下来。它已经走到了楼梯的一半儿，我要是不开门，它也许会很快就要下了楼梯跑出院子钻到那堆沙杆儿里去了。这只老鼠太胖了，每下一级楼梯都很慢。它看见我了，也吓了一跳，它和我的目光对视了一下。它停了一下，犹豫了一下。让我吃惊的是它没有转过身朝楼上跑，而是在犹豫了一下之后，又一下、一下、一下、一下地慢慢朝下一个一个台阶走下来——朝我走下来。我忽然被这只老鼠的勇敢震撼了。我把已经迈出去的一只脚轻轻收了回来，我尽量把声音弄小，轻轻轻轻把已经打开的门关上了。我为什么怕把这只老鼠惊吓了？这只老鼠为什么让我动了恻隐之心？我为什么要放过它？是不是我和它的目光对视过了，是不是看到了它犹豫了一下，是不是它没有返身而逃而是继续沉着地往下走？我感觉，好像是，它已经和我打过了招呼，在它和我对视的一瞬间。我关了门，趴在猫眼上往外看，看着这只胖嘟嘟的老鼠从楼梯上下

30

来，又下了从走廊门一进来的那两级台阶，然后，它就一下子消失了。

那是一只多么勇敢的老鼠，勇敢中有那么一点点几乎是尊严的成分。它和人对视了一下，也被人吓了一跳，但是，它一下、一下、一下、一下，从上边大模大样地走下来，它知道不知道自己也许是正在走向死亡？如果我举着扫帚山呼海啸般地冲出去……

人对鼠，怎么会产生了怜悯之情？人心里最柔软的地方是什么部位？"热爱生命"这四个字怎么会落实到一只老鼠的身上？人类是最最霸道的，其实这个世界既是人类的，也是其他一切动物的。我们有家庭，有子女，有父母，老鼠们也有。在下雪的日子里，老鼠们待在它们地下的洞穴里，一窝子团团圆圆，吃吃喝喝，等待着春天的到来，那情景亦是十分动人的。

生命其实都是平等的，一草一木，一花一叶，小至蜉蝣，大至大象。

第二辑　母亲的馒头

干菜的滋味

那些年，人们晾晒干菜成风，秋风一起，巷子里到处都可见晾晒的萝卜干、干白菜、干豆角、干葫芦条什么的，几乎是家家如此，什么东西可以晒干储存到冬天就晾晒什么，有晾晒西瓜皮的，晒干的西瓜皮吃的时候发好，以其炖肉不赖，比冬瓜有嚼头，做什锦果脯，西瓜皮做的瓜条比冬瓜做的口感好。北京有名的"四季青"，年年冬天上市的洞子菜，是过年过节人们桌上的稀罕物。洞子菜由来已久，所谓的洞子，和现在的大棚差不多。洞子韭黄，洞子黄瓜，洞子菠菜，尤其是洞子黄瓜，在清代贵得惊人，有野史记载，一根黄瓜当时要卖到二两银子，负责给皇帝采买菜品的太监嫌贵，卖黄瓜的二话不说，拿起一根转眼吃掉，太监急了，说你不能吃啊，你再吃我就买不到了，再买剩下的那根，又长了二两银子。过去在冬季，想吃一口新鲜菜谈何容易。为了在冬季能吃到菜，人们穷尽了各种办法，一是腌渍，二就是干制。三就是买大量的大白菜和土豆放在闲房子里，闲房子不住人，冬天不用生火，可以储存这些菜，但手要勤，要不停地翻腾，把菜倒来倒去才不至于烂掉。在过去，人们住四合院，冬天储存菜不成问题。现在的四合院不是一般人能够住得起，住楼房，到了冬天，要说储存菜，只是个遥不可及的童话。好在现在吃什么东西都已经不分季节，你想吃什么都有，只要你口袋里不缺那"阿堵之物"就行。

各种的蔬菜，只要是晾制成干菜，味道就一定会比鲜的时候浓，我现在很怀念母亲在家里煮干菜的那种说不出来的味道，干菜泡好还要煮一煮，放在锅里"咕嘟、咕嘟"地煮，这一般都是干白菜，家里煮干菜的时候一定是冬季，窗玻璃上腾满了水汽。干白菜煮好了有几种吃法，放点儿肉当然更好，但要油大一些，但那时候哪有那么多的油？干白菜又特别的吃油，吃足了油，这干白菜就会变得十分的腴美，但一定要是荤油才行，菜籽油熬干菜不行，油都会浮在上边，吃不到菜里边去，只有用大油，菜和油才会打成一片。干菜的另一种吃法是蘸大酱，煮好的干菜蘸大酱味道挺特殊。干菜做包子馅儿也挺好，但也一定要油大，做饺子馅儿比较少见，不容易包好。

我家里有一把剪子，母亲曾用这把剪子剪豆角，每年都要剪许多，剪好，放在外边晾，冬天就有得干豆角吃。有时候晾好忘了吃，放隔了年，或者又过一年，那干豆角拿出来还那个样。干豆角、干葫芦条子、干蘑菇、金针、干苤蓝叶子，如果有，再加些油炸豆腐，统统放在一起炖，味道可以传出很远，那种味道让人感觉到平淡的日子有平淡的好，怎么炖干菜的味道就一定会让人觉得平淡呢？那味道当然是平淡，炖肉，爆炒，煎鱼的味道是强烈的，是轰轰烈烈，是厨房里看不到的敲锣打鼓，而炖干菜却真是平平淡淡，炖什锦干菜，配以小米捞饭，殷实而不动声色。

去海边，见人家的墙上黑乎乎拖拖拉拉晾了不少什么，问了一声，答道：晾干菜。

走近了看，是海带，海边的人把海带叫"干菜"。

菠菜是一种一旦有了水就肯不停生长的蔬菜，我见过那种大棵的菠菜，比我都高，人猫在那种菠菜地里想必是干什么都不会被别人看到。把这种大菠菜连根拔下，把枝枝权权打了用开水拉过搭出去晾，晾干后的颜色是黑的，而那老粗的菠菜杆儿也有用，可以用来腌制，腌好后的菠菜杆儿和绍兴菜里的"臭苋子"一个意思，一吸一"咕叽"，一吸一"咕叽"，也是既酸又臭，但十分下饭。干菠菜在我们那地方一般用来吃馅子。别看干菠菜黑，用开水一焯，马上就会又碧绿起来，以其拌馅子特别好看。

中国人吃东西，从来都是"一看，二吃"。

吃饭用嘴，但从来也离不开眼，没人闭着眼吃饭！

母　爱

在这世上，谁愿为你操碎了那颗心仍不知怨悔？是母亲，也只有母亲！

母亲一天比一天老了，走路已经显出老态。她的儿女都已经长大成人了，各自忙着自己的事，匆匆回去看一下她，又匆匆离去。往日儿女绕膝欢闹的情景如今已恍如梦境，母亲的家冷清了。

那年我去湖南，去了好长时间。我回来时母亲高兴极了，她不知拿什么给我好，又忙着给我炒菜。

"喝酒吗？"母亲问我。我说喝，母亲便忙给我倒酒。

我才喝了三杯，母亲便说："喝酒不好，要少喝。"我就准备不喝了，刚放下杯子，母亲笑了，又说："离家这么久，就再喝点儿。"

我又喝。才喝了两杯，母亲又说："可不能再喝了，喝多了吃菜就不香了。"

我停杯了。母亲又笑了，说："喝了五杯？那就再喝一杯，凑个双数吉庆。"说完亲自给我倒了一杯。

我就又喝了。这次我真准备停杯了，母亲又笑着看看我，说："是不是还想喝？那就再喝一杯。"

我就又倒了一杯，母亲看着我喝。

"不许喝了，不许喝了。"母亲这次把酒瓶拿了起来。

我喝了那杯，眼泪就快出来了，我把杯子扣起来。

母亲却又把杯子放好，又慢慢给我倒了一杯。

"天冷，想喝就再喝一杯吧。"母亲说，看着我喝。

我的眼泪一下子涌了出来。

什么是母爱？这就是母爱，又怕儿子喝，又想让儿子喝。

我的母亲！

我搬家了，搬到离母亲家不远的一幢小楼里去。母亲那天突然来了，气喘吁吁地上到四楼，进来，倚着门喘息了一会儿，然后要看我睡觉的那张六尺小床放在什么地方。那时候我的女儿还小，随我的妻子一起睡大

40

床，我的六尺小床放在那间放书的小屋里。小屋真是小，床只能放在窗下的暖气旁边，床的一头是衣架，一头是玻璃书橱。

"你头朝哪边睡？"母亲问我，看着小床。

我说头朝那边，那边是衣架。

"不好，"母亲说，"衣服上灰尘多，你要头朝这边睡。"

母亲坐了一会儿，突然说："不能朝玻璃书橱那边睡，要是地震了，玻璃一下子砸下来要伤着你，不行不行。"

母亲竟然想到了地震！百年难遇一次的地震。

"好，就头朝这边睡。"我说，又把枕头挪过来。

待了一会儿，母亲看看这边，又看看那边，又突然说："你脸朝里睡还是朝外睡？"

"脸朝里。"我对母亲说，我习惯右侧卧。

"不行不行，脸朝着暖气太干燥，嗓子受不了，你嗓子从小就不好。"母亲说。

"好，那我就脸朝外睡。"我说。

母亲看看枕头，摸摸褥子，又不安了，说："你脸朝外睡就是左边身子挨床，不行不行，这对心脏不好。你听妈的话，仰着睡，仰着睡好。"

"好，我仰着睡。"我说。

我的眼泪一下子又涌上来，涌上来。

我没有想过漫漫长夜母亲是怎么入睡的。

我的母亲！

我的母亲老了，常常站在院子门口朝外张望，手扶着墙，我每次去了，她都那么高兴，就像当年我站在院门口看到母亲从外边回来一样高兴。我除了每天去看母亲一眼，帮她买买菜擦擦地板，还能做些什么呢？

我的母亲！我的矮小、慈祥、白发苍苍的母亲……

母亲的馒头

　　过去的时日，怎么说呢，像是要比现在简单而扎实。我的小学同学里边，母亲上班的像是不多，我的母亲原先是有工作的，但为了小弟的病，她不再工作，而是操起了家务。在我的记忆里，母亲总是在那里做着家务，我小时候还穿过母亲做的衣服和鞋子，母亲会做各种的衣服包括棉鞋和单鞋。但我总记着母亲在家里做棉衣，直到现在，我都弄不清做棉衣的步骤，像是比较的复杂，裁好的衣料平铺在那里，要把棉花絮上，絮好棉花再用大号儿的缝衣针把棉花和布引在一起，然后要翻，因为衬着报纸，母亲在那里"哗啦哗啦"地翻，一翻两翻，棉衣就做好了，我现在都不清楚做棉衣为什么要翻？关于这个细节，我从没问过裁缝，再说我的朋友里边也没有做裁缝这行的。好像是，现在也很少有人在家里做衣服，所以人们的生活也像是由此而少了些情趣。那时候，经常见院子里的女人们在一起穿针引线做针黹。有一个故事是，有一个傻大姐，她做被子，絮好了棉花，再把被子翻一下，结果呢，她大叫了，她把自己这么一翻那么一翻给翻到了被子里边出不来了。即使是做被子，现在也都是去外边买现成的棉花套子，然后用被套子一套，好了，这就是被子了。不像过去的时日，要去买棉花，多少斤多少两，算计好了，再买被面被里，然后回家慢慢缝起。那真是一种温馨的不能再温馨的场面，那时候的生活真是简单，但充满了快乐，我的母亲就是这快乐而温馨的回忆之中的主角。每每想起母亲，过去的生活细节就会马上活起来。现在闭上眼睛想想，所能想起来的更多的是母亲在劳作。在灶前"哗啦哗啦"炒菜，或是在那里揉面蒸馒头。我的一个学生，在国外读书，他回来看我，我问他在国外最想吃的是什么？他出口就说最想吃的就是他母亲蒸的大馒头。这一句话让我热泪盈眶，什么是人子之心，这就是人子之心。

这一辈子，我再能去什么地方吃到母亲蒸的馒头？我想念母亲蒸的馒头。

　　在过去的时日里，几乎是家家户户，厨房里总会有那么一个小碗，碗里放着那么一块儿"面起子"。"面起子"放久了，会干成一个壳儿，捏碎了泡在盆里，不用问，是要蒸馒头了。在过去的时日里，母亲总是发面蒸馒头，蒸馒头发面不停地忙。面有时候会把放在盆子之上的盖子顶起来，这就是面发过了头，面一发过了头，母亲就会急，会不停地说："这要揣多少面进去？这要揣多少面进去？"直到如今，我总是忘不了母亲蒸馒头，围着围裙，揉啊揉啊，闻闻，拍拍，再揉，拍拍，闻闻，再揉，直到把又白又暄的大馒头一屉一屉地蒸出来。母亲每次蒸馒头都要留一块儿面做"面起子"。我们那里的讲究，"面起子"是不能随便送人的，你要把"面起子"送给人就等于把"发"送给了别人，过日子就要"发"，不"发"还行吗？有一次邻居来借"面起子"，母亲当然会给她一块儿，那邻居走后，母亲像是自己在问自己："还有跟人借'面起子'的吗？"在过去的生活中，"面起子"简直就像是火种。没有"面起子"，很难想象怎么蒸馒头？过年的时候，几乎是每年，母亲总是要累倒，蒸馒头像是一个大工程，要用最大个儿的瓷盆发面。这时候父亲也会参加进来，是不停地和面，不停地蒸，要把一正月的馒头都给蒸出来。即使是在城里，也要蒸花馍，这时候就要用到红枣。我的母亲和父亲总是在那里蒸啊揉啊。节日就是这样过下来的。除了蒸馒头，还要蒸花卷，还要包饺子，包饺子也像是一个大工程，一下子要把一正月的包出来，父亲在那里拌馅子，拌好了，要母亲闻，母亲不但要闻，还会用一个手指在馅子上沾沾，再放嘴里试试。饺子包好，要放到外边去冻，那时候的冬天真是寒冷，冻好的饺子都放到一个凉房里去，吃的时候拿出来煮就是。馒头呢，也要冻出去，冻得硬邦邦的，吃的时候再拿回来上笼馏。

蔡澜说馒头是国人的面包，但我以为馒头要比面包好吃，尤其是那种饲面馒头，我总是喜欢把它放凉了吃。还有就是山东大馒头，刚刚出屉，以其夹熏过的猪头肉，是美味！但我以为天下再好的馒头也比不上母亲蒸的馒头。有一年，母亲因为生病，馒头没有蒸好，一打笼屉，母亲就和自己生气，馒头碱小了，酸了。那时候的白面很珍贵，即使在全国，怕是也数不出几个天天都可以吃到白面馒头的人家。

我现在已经吃不到母亲蒸的那种戗面馒头了，只能闭着眼睛想想，想想母亲在那里又是揉又是蒸，想想母亲把笼屉掀开了，用手快速地拍拍馒头。说一声："吃吧——"

那真是过去时日里最温馨的一幕。

八十岁的面条儿

　　每逢我喝得醉醺醺的时候，我的母亲总是很生气地说我："你怎么又喝酒了，又喝酒了。"母亲从来都不肯多说我什么。但她总想让我在她那里吃点儿什么，或者就让我拿点什么回去。我呢，却拗了性子偏偏不拿，不吃。母亲老了，做活儿已经不那么利落，拿东忘西，眼睛也不太好，所以菜总是洗得不太干净，我常问自己是不是嫌母亲的饭菜不太干净？

　　我的岳母七十岁的时候忽然生病了。等我赶到医院的时候，她已不省人事了。看她静静地躺在那里让我感到害怕，害怕她会突然离我们而去。平时，孩子们好像都忽略了她的重要，她是那么瘦、那么小，躺在那里，闭着眼睛，我忽然在心里深深感到对不起她。

从医院出来，我想去看看我的母亲。母亲正在那里吃饭，母亲的晚饭是面条儿。我突然那么想吃我母亲亲手擀的面条儿。

面条儿是母亲亲手擀的，很细很长很滑溜。正像我小时候爱吃的那样。我在厨房里吃了几口，又到母亲的桌上夹了一筷子芥菜丝放在碗里，味道真是好极了，是我熟悉的味道。是我母亲亲手擀的面条儿。我小时候吃了多少母亲亲手擀的面条儿？这怎么能让人计算得来？母亲已经八十岁了，今后我还能吃多少次母亲亲手擀的面条儿？我吃着，眼泪便无声而下，流到我的碗里。我吃着面条儿，想着这些，想着躺在医院那边的老岳母，我的泪水怎么也停不住。

吃着八十岁老母亲擀的面条儿，我怎么能禁得住自己的泪水。

人到中年

什么岁数才可以说是中年？

中国人的岁数很难说。四十五岁还算是青年作家？
这真是有些可笑——可笑至极！倒不是在于年龄的划
分。有些作家一生下来就老了，如屈原，多么的苍老。
有些作家活七十岁还显得年轻，如李白，多么的年轻。
有些作家属于老年派，有些作家属于青年派。我从一开
始就属于中老年派，我总觉得我的文学年龄是从我的家
族那里算起的，有一百多岁或者不止，也许有五百岁。
美国作家大多都显得年轻，二三十岁的样子，如海明
威、如梅勒。印度作家大多显得苍老，一出世就有几百
岁了，如泰戈尔，像不像有一千多岁？

人一旦进入中年，会有很大的变化，穿衣服首先就

会神经兮兮起来，首先是腰身日渐肥硕。一旦肥硕到连夹克衫都无法穿，隆隆然一颗大肚子真是让人看了难过，扁平的肚子、细健的腰身、结实的大腿、宽挺的肩膀，那真是美！但中年往往在与这种美挥手告别，灰溜溜的告别。人到中年，为什么会突然想起锻炼身体？练仰卧起坐、晨跑、游泳，为什么会明白饕餮大啖不是一件好事。中年是一个令人恐怖的季节，两三年前的衣服，忽然一下子不能穿了。中年太像是一个人于雨天处在两间屋子之间的露天处，一间屋子是身后的令人留恋的青年之屋，一间屋子是自己面前的你多少有些不情愿进去的中年之屋，返身回去又有些不好意思，跑过去又有些不甘心。中年是一个遮遮掩掩的季节，借衣服遮掩自己那猛然多了几磅的肥肉，沐浴的时候抓一抓肚子，伤心得要哭。中年人可能有一大半更喜欢秋季与冬季，秋天的衣服可以使他们多保存一些秘密。

但我给自己规定：

想穿什么就穿什么。

我很喜欢刘海粟老人，他在黄山顶上坐着画了一株松树又画了一株松树，穿着一件漂亮的以红颜色为主色的毛外套，光那件外套就让我喜欢他。

人到中年应该多穿布衣，布的衬衣，布的衬裤，布的外衣，不穿化纤衣物，不用腈纶棉之类，穿丝棉穿皮最好。在去年，我为什么那么想围一条大红的围脖，我有几条围脖，一条黑、一条黄、一条银灰、一条杂七杂八的颜色，我最喜欢颜色杂七杂八的那条，围了有十多年。今年春节下雪的那些天，我对着镜子围那条大红的围脖，看了又看，鼓足勇气围上出去。我走出去，走出去，看见一双惊诧的眼睛又一双惊诧的眼睛，我为什么又马上溜回了家？像做错了什么事，我怕什么？青年是一匹马，嘶鸣狂奔静立无所不可，中年便变成了一只狐狸，疑疑惑惑，动辄被自己的想法吓一跳，但今年是否还想围那条大红围脖闯出去？还会穿那件大红的夹克？狂骑车子兜风的目的地又在哪里？

中年到底是什么？一匹马儿怎么变成了狐狸？

中年无疑很渴望异性，这又有什么错？人用两种方式走路，一种是用型号不同的脚，一种是用心，心永远要走得比脚远。中年总是有许多悔恨像落叶扬满空中一样兜上心头，后悔某年某月没有随朋友去什么地方——

比如黄山或一条雨湿的小巷。后悔某年某月与某位女朋友开错了一个玩笑。如果这后悔之情于酒后怒潮般涌来，也就会想马上去找那个人。去怀想那个夜，那夜不绝的雨滴，那夜点燃的红蜡烛，那门前阴影里的谈话。会到公园里去寻找当年那棵槭树，那树的树冠更大了。树下的石条却不见了，换上了木条椅，木椅上有形迹可疑的纸张和不知被什么人丢弃的蓝格子手帕。中年的许多想法往往无结果，忽然想念年轻时分的女友，忽然鼓足了风帆般的勇气骑上车子去了，转过那个绿漆的铁栅栏，进了那个二十年前已经熟悉了的门，她在书亭里静静地坐着，穿着淡黄如夜来香花瓣儿的纱衫，手边有一杯茶，茶杯上套着草编的套子，已经不是当年的茶杯当年的套，身边堆满了开包或没开包的书，墙上贴满了歌唱明星的磁带广告画。你却忽然不知该说什么，忽然明白那已经是二十多年前的事了。你想起了十多年前乐此不疲的接吻，你还会想她是否常常会想念那个温情一如烈火的夜晚，你分明想重复什么，但你忽然想到了自己的家庭，你转身之际，有多少镇定和对自己灰溜溜的不满。青年时期总想用心去接触女人的心，想表演出无限的爱情，中年似乎不想再用心，也不想在灯下写信，也不想在月下长谈，中年想什么？往往是想看看自己生了锈没有，如果把自己比作一把刀的话。中年担心的一个问题是总想知道自己是否还有魅力，所以这时候倒不是为了友谊去结交别人，中年的风景是否把尊严这株树种得太靠了中间一些？太觉得自己是个人物，太觉得应该树立自己的威严，太注意自己头发的脱落。是否忽然对某人不公平起来，是否太虚无了文学而自己却水准太有限？

　　人到中年，谁才会不期望一次艳遇？就像旅行山中，谁不愿看到一树奇花半涧异草。但他又怕艳遇朝自己姗姗而来，怕负责？还是怕什么？所以才有"中年坏人"的说法，年轻坏人精力如纯钢利刀但经验尚不足，坏不到哪里，老年坏人往往体力难支，难以施行自己的坏主张，唯有中年坏人，既有经验又有精力。中年太像一株盛夏的大树，树的枝杈给密密的叶片交织遮掩得严严实实，有神秘之鸟在里边栖落着。我在北戴河遇到了那样大的暴雨！雨水把公路漫成了一条湍急的河，我在那个遍地是水的小饭店里。屁股坐在桌上，脚蹬着该屁股坐的椅子听到了那么一个故事：一个雷落在一棵大柳树上，雷过后，从树上掉下几百只小鸟，都给震死了，一个幸运的司机用筐子拣了满满一筐回去饱餐。如果有那么一个雷，那中年之树会落下些什么丑陋不堪的鸟？

我，是否是我一个人发现了自己愈来愈留恋二十岁？

从头来过！是否只我一个人这么想？

如果每个人都能再从二十岁活过来，那么这个世界就会更加难以对付，这是否是所有中年人都曾想到的问题？这种想法往往变成了夜间自由自在飞翔的幽蓝的梦境，梦见自己从高楼之上的窗口轻盈地飞出去，手臂变成了翅膀。夜的城市，夜的灯火很广阔地在自己的下边展开，灯火密集、闪闪烁烁，那种梦真愉快，但又令人惶惑，因为总是从自家的窗口飞出去然后再也找不到自己的家，总是知道自己的家在前边，但总是飞不回去，或者梦见自己在大河的泥滑陡斜的滩涂上一步一滑地行走，怕极了，时时有给滑到河里被卷走的危险，或被稀泥没顶。我坐在发廊的理发椅子上想过这种梦，当理发剪子"嚓嚓嚓嚓"轻轻滑过我的发际，"要染染头发

55

吗?"这一声轻轻的问询怦然落入我的耳底，不啻一声焦雷。

中年是认认真真开始染发的季节，从头发梢一直染到根部，像在消灭一个秘密，一次杀人灭口，唯求彻底。

中年的风景，更注意自己的眼角、眉梢、头发、手背、睡眠、排泄、心律、腰肢、小腹，女人们的中年，那张日渐不再娇嫩的脸会消化更多的化妆品。中年是山之峰巅，人生一如登山，从山脚慢慢登起，终于登到了山顶，但谁也不能够站在山顶上不下山。也不会原路返回再重新登。登上山顶之后的更真实的情绪可能是惆怅与悲哀，一种从未有过的悲哀。

人到了中年，为什么那么想挣脱自己温馨的家庭，为什么那么怕自己日渐长高的女儿与自己在人行道上同行。为什么想在家庭之外另筑一个巢穴？那个巢并不意味着和另外的女性的欢情，那仅仅是一个人的巢，只供一个人静静地待着，但那个巢大多只能存在想象之中，那也许是四合院一角的一间只有上午才能见到太阳的小屋，那屋里只有一张绿漆小铁床，床头有一张白漆桌，钟表在抽屉里嘀嘀嗒嗒走着。还有一张沙发。墙上有一块半尺宽的挂毯，毯上织着一只大耳朵灰鼠。小屋中间有只小火炉，炉上有棕色瓷质的壶。你一个人在那里自由自在，再没有人在你身边唠哩唠叨这不对那不对。或者那间屋是四楼右手的一套两室一厅。朝南的屋子的窗帘一天到晚总拉得很严，保守了室内的秘密。靠墙是栗子壳色的家具，和有镜子的立柜，有录音机、有书籍，沙发上放着你那本百看不厌的德富芦花的《棉被》，翻到第一百一十页，上边有几个神秘的字："棉被太厚，1985.6.30"。朝北的屋子有一张大软床，床头有玻璃床头柜，有雀巢咖啡，另一边的矮柜上有更多的书，那张床一翻身就吱嘎作响。你在放在厅里的冰箱里储够了新鲜的蔬菜，如西红柿、黄瓜、小巧的茄子，还有新鲜的柠檬、西瓜；当然离不了冰块。你把自己锁在那间屋子里，对妻子说自己出差去了，你自己在那个屋子里有什么奇遇？完全打破一切生活规律，光着脚在屋里静静地走来走去，什么也不穿，一会儿躺一会儿坐一会儿卧一会儿看看书，一会儿喝点柠檬水，把赤脚高高架在茶几上，或站在立柜前打量刚洗过冷水浴的赤裸的自己，你多么需要有这么一间屋子来放松自己。

中年意味着什么？意味着精力十分旺盛，一如湖边的茅草丛。意味着有劲无处使，像没有笼头控制必将要冲破橡皮水管的水源，你十分羡慕窗外那只孤独的红鸽子，独自飞来飞去，到了中年，你才终于把自己的书屋命名为"沙鸥书屋"。中年也有时会想象老年，但更多的是对青年时期的留恋，人的一生是由幼年、青年、中年、老年四季组成，一个人，不是四季都很灿烂的，有的人在少年时期十分漂亮，有的人在青年时期十分英俊。有些人像秋菊，到了中年才让人品出味道。有些人到了老年才光彩照人，如齐白石。你在中年的时候也许想象过自己的老年是什么样子——这是否是一种准备？

或者你已经想象了那么一处准备给你的老年居住的所在，离湖边不远的院子，土墙、土屋、坐北朝南的三间上房，老木头雕花的窗棂，里边收拾得干干净净，堂屋用来会客，客来有茶以待，茶用青瓷小盖碗烹，最好的坐具是一堂竹器，不用斑竹，嫌其太雅，还要有宽大的木榻，上边可以铺狗皮褥子，随你坐卧，东边的厢房是你老年的卧室，一盘炕是必要的，太阳可以照在躺在炕上的你，冬季屋里要有"烘烘烘烘"的炉子燃烧声。

西边的厢房是书屋。满墙的书架，临窗的大书桌，有砚、水盂，笔筒、花瓶、香炉，从窗子看出去是你的院子，狭长的院子种满蔬菜和妩媚的罂粟。你早晨的功课是莳花锄草，给豆角打打架子，你身着布衣，足蹬布鞋，鞋子一定要有三双：一双如厕、一双居家、一双远足。但你忽然又想那简直不可能，一旦心脏病发作，你将如何疾疾进城求医问药？

中年也是一个富于幻想的季节。

在中年的风景线里，妻子总是模糊不清，或者是一株你认为长在视线之窗前的树，你觉得她遮住了你，妨碍着你。你想把这株树移植到什么地方去？但当你走得太远，像一个园艺家一样把精力放到另一株树或藤萝类植物之上，你给另一株树施肥浇水，看着自己的劳作在这株树上发生变化，此时，你才忽然觉得自己深深地对不起妻子，你会急忙忙地跑回到妻子身边去，帮她拖地、洗碗、洗衣，和她说以往没有过的那么多味道甜美的废话！你忽然发现她长的竟然是这样，以前怎么没仔细看过？中年的风景线中，妻子这株树总是长得不是地方，其他树又似乎长得太多，左一株右一株！到了老年，那些会行走的美丽动人的树都消失了，走到别的地方去了，只剩下爱妻这一株，当这一株突然消失，你的心地上就会长满了回忆的荒草。

中年的身体、中年的幻想、中年的夜生活、中年的三餐、中年的想法、中年的嗜好，中年这个时期还弄不清为什么少年喜爱狂草而中年会去喜欢楷书？晚年则又会回过头去喜爱狂草。到了中年，为什么会厌倦了小说而去喜欢散文？

人到中年，你还保持什么嗜好？抽烟、饮酒、品茗，赏花、养鸟、垂钓，远足、足球、对弈、啸歌，中年是一个喜欢夜晚的季节，老年则喜欢白天，惧怕黑夜。我始终认为，老年不适宜搞根雕，不必在枯死的树根里寻找灵感，老年的风景里应该出现笼鸟、猫和狗，中年则不必养鸟。一次忽然心血来潮的出游会把家里的笼中鸟饿死。鸟、猫、狗是一条由家庭释放出的看不见的链，花卉也是这样，家里养了十多盆心爱的名花，你就会时时牵挂它，你就不会一去数月地浪迹天涯。狗和猫也是这样。我在少年时期，多么喜欢水仙和茉莉，喜欢那些会开花的植物，喜欢桃树和杏树，春天那一株株开得多么热闹但又多么宁静的花、树多么令我惊喜。而进入中年，我怎么会偏喜了阔叶的龟背竹、橡皮树，叶子如蜈蚣的蕨类植物，喜欢那种名叫"波士顿"的草。青年时期对一株开花的桃树的赞叹而想让别人也同时赞叹，这时却转移到在一片林子里的独自徜徉。

像狐狸一样踽踽独行自得其乐。

当这只狐狸端坐茶几旁慢慢品茶，其心底是多么孤独！

你在水畔林下常常能看见一大群青年在野餐嬉戏兴致勃勃，但你仔细回想一下自己的远足所见，是否见过一大群中年人在一起嬉戏？

孤独是中年河流中的脉脉水草你不迫近那条河很难察觉水下那一波又一波的水草。

当孤独袭来的时候你是多么的渴望酒，渴望谁来与你共饮？你会去打电话，找理由暗示你认为合适的人是否可以"晚来天欲雪，能饮几杯无"？一个人，还是两个人，还是三个人。忽然来了四五个人。团团地坐在你的屋子里，这时候你也许已把爱人打发到了别处，或者你选中了她不在家的时候，这难得的一聚才会热闹放肆起来，你围上围裙跑到厨屋里去，忙得团团转，葱、姜、韭、蒜、你亲自设计菜谱，你不愿苟且凑合，中年的口味已不是青年时期的不加选择挥筷便上可比，清蒸石斑、白煮荷兰豆、蚝油蒿苣、清汤羊肉，你力求寻常而又不同凡响，力求让朋友们吃得终生铭记难以忘怀，你十分地夸大了自己那日渐萎缩的酒量，而突然那么怀念小学的同学，想起小学时的一场球赛，你的一个刚从乡下来的同学在众目睽睽之下把足球踢到自己的门里，你突然忍不住放下杯子大笑，说起这段往事，于是问起许多久违的同学，回忆的光芒一下子照亮了许多张小时候的脸，于是你多么渴望"同学会"。

一九九二年春节过后的第六天，外边飘着小雪，我那天晚上在床上借着床头橙黄的灯光阅读了什么？那么津津有味，那么一旦拿起就难以放下，我第一次感到四页一册的同学录那么富有魅力，时光真是最快的列车。

中年是一个焦躁的园艺师，他总是希望玫瑰在一夜间马上开放，他总是等不及玫瑰的慢慢生长。

到了中年，求田问舍的想法为什么有时会来得那么强烈，你冒着细雨去看一座古老的小四合院，你打着一把黑布伞，走进那个树木扶疏的小小的院子，这已不是精神意义上的求田问舍，定居的思想往往形成于中年，你不再浪漫地想象自己有朝一日会住到海滨或南方的某个有着许多朱栏小桥的城市里去，到了中年，你也许会拒绝那以往对你十分有魅力的小城的邀请，而固守你苍老陈旧充满了回忆的地盘。好马要吃四方草，从这一意义上讲，你是否过早地衰老？

　　你希望自己的住房不再那么拥挤，你怕寂寞，但又希望安静，你希望自己的居室更富有情调，你开始喜欢古式硬木家具，硬木太师椅上搭一件幽凉的鸭蛋青色绸衫，明式硬木的茶几上放一只豆青盘里边是七八只红樱桃，只七八只，你希望房檐上垂下一只空洞无物的鸟笼，你希望不大的屋里挂了许多重丝绸的帷帐，一重又一重，有一个影子总在帷幕后边晃动，你希望有几只屏风，上边画着柔美的风中芦苇。一只雪白的大猫在屋里无声地走动，偶尔叫一声但春季绝不会疯狂地嚎春。你还希望什么？希望在屋子里有豆青的色调？或者高高的茶几上有一把打开的羽毛扇、扇坠下垂闪烁着一种光彩内敛的游移的光斑。

你希望你的居室在四堵粉墙之间，大雪覆盖了院子里的芭蕉，可以看到门口放着的那双防滑的雪鞋，主人已经走到里边屋子里去了。从敞开的门口可以看到屋里矮矮的书几，书几上除了书卷还有那插在古陶瓶里的梅。

房舍肯定是中年的想象中的一部分。你希望自己住在想象中的院子里的第几间屋子里？是否在最高的可以看到梧桐后院的那间？伏在窗口还能看到雪里芭蕉。

这些你都常常在想着，但那真正的是个梦！你在夜里把自己积存有年的七八万元钱数来数去，终于定不下是买套房子还是去郊外买一处临湖的农家小院。你实实在在能实施的只是关怀自己的一日三餐。

你的胃口不再如青年时的狼吞虎咽，各个方面都不再做狼吞虎咽状。你以欣赏的眼光打量食物，又以精确的养生态度对待那早晨的一只鸭蛋，一杯白水，一个面包和半匙黄油或果酱，你拒绝油条和过于油腻的红烧肉盖浇面，这表现了你过分地珍爱自己的中年。你对食物挑挑拣拣。多一点油不行，放味精也不行，粗制滥造的果茶和各种自吹自擂的饮料都被你排斥于门外。你对不少人说，要喝就喝果珍吧，如果在没有新鲜水果的日子里。有新鲜水果的日子里你总是把几只鸭梨、草莓、樱桃或桃子或一串鲜荔枝放在那只尺八的豆青大盘里，春天那只盘子里放过颜色极美的小水萝卜，每一只粉嫩的水萝卜上都顶着一小撮儿多么可爱的小萝卜缨。夏秋之交你在盘里放两枚朱红夺目的苦瓜，你还喜欢石榴，开口大笑的石榴。

中午那一餐，晚上那一餐，你都拒绝你一向喜爱的四川回锅肉，又红又辣又香又烫，你像是和自己过不去，但忽然忍不住了，匆匆做出一盘来开怀大嚼不亦快哉。

中年是一个想节制但又节制不住的季节。

中年夸张自己的酒量有多少可笑的表演意味？你怎么能够想让人羡慕你的酒量——那夸张是多么的可爱，当有人指出你是在夸张，你突然感到害羞，那羞怯又是多么可爱。到了老年，夸张也没有，害羞也不再会，一个人会害羞是件多么好的事。

到了中年，你突然会发现自己是多么厌恶自己的工作，多么厌恶城市，多么厌恶鹦鹉学舌般的教书生涯，多么厌恶啪啪啪啪在黑板上写字。你会在五六十名学生

65

面前突然走神，把一堂课讲得一塌糊涂，或者把一堂课讲得毫无生气，总之，你厌恶了。工作对一切人来讲有时候太像是一日三餐，得换换口味了，工作是什么？工作是看不见的枷锁，你多么向往自由自在。

终于有一天，你突然在学校东边的空地上悄悄开出一小片地来，你一锹一锹把那黑色的土翻开，拍松，你把泡得努出芽儿的豆种轻轻播到土里。忽然有一天，那豆苗长了出来。你又想到了食堂后边的那堆焦黄的竹竿。

你锄了一遍那片小得可怜的地，又锄了一遍，忽然明白了陶氏渊明如果真的荷了锄去锄七八亩地，那么，他也许再也没兴趣写那些田园诗了。你又想起了那本深蓝封皮的《瓦尔登湖》，亨利·戴维·梭罗是不是到了中年才动了去瓦尔登湖的念头，那么，陶渊明呢？他什么时候归的田园赋得菊花？你忽然跑回去，翻遍了书架，却找不到陶渊明的年谱，但你相信他一定是中年动的归隐念头。

人到中年为什么会向往田园生活？你突然觉得应该让自己来安排一下自己，你突然明白自己有一半时光已经过去了。后一半儿应该怎么度过，怎样才能属于自己。

中年是什么，是既有经验又有精力。既进入了十分有规律的生活又时时想打破这个规律。不是有人曾告诉过我们中年是酒量下降，唱歌跑调，容易走神，容易感慨、感动、伤怀的年龄。

如果问中年的风景是什么？那么这幅写生极难画，它多么像五月末的芍药圃，芳菲将谢而未谢。一个人静静地坐在卧榻之上，闭着眼，端一杯清茶，仔细从自己想想，你就会觉得中年很难说，中年的风景说实话什么也不像，它只像中年的风景——从衣饰到发型，从饮食到休眠，从爱情到渴望。从工作到想象，从喝酒到郊游，从里到外，它只像它自己。

你端坐在卧榻之上做种种想的时候也许会突然觉得害怕，怎么不知不觉就到了中年呢？真的，中年很难言说，你为了弄明白中年，你突然又犯了傻，你去了图书馆，终于发现那里并没有"中年报"和"中年杂志"，许多人像你一样惶惑……

第三辑　阳台农民

闲　章

　　说到印章，每个人都有，没有印章的人很少，领工资，到邮局取包裹都离不开印章。我父亲的印章是小犀角章，那时候这种章料不那么稀罕，做犀角杯挖出的料不好再做别的，大多都做了这种小东西，剩下什么都不能做的边角碎料就都进了中药铺。父亲的这枚小章放在一个手工做的小牛皮盒子里，这个盒子可以穿在裤带上，是随时随地都在身上，可见其重要。还有一种印章是做成戒指戴在手上，是更加安全。这都是名章。而说到闲章就未必人人都有，但书画家是必备，一方不够，两方，三方，五方，六方，齐白石的印章像是最多，所以往往在画上题"三百石印富翁"，但此翁的闲章何止三百，但他常用的也就那么几方，"寄萍堂""大匠之门""借山馆""以农器谱传子孙",这后一方章最特殊,让人觉着亲切,是不忘本。白石老人的馆堂号从来都没用过"斋"字,至今尚无人考证为什么?

三十年前,我热衷于刻章,先是用那种红砖,用锯条锯成一方一方,弄得家里到处砖粉飞扬,后来我无师自通地先用水把砖泡过,再锯,这一下好了。那时候刻章是从汉印开始,我至今不大喜欢铁线,总觉得其纤弱,也不耐烦,我喜欢白文,见刀见力的那种。什么样的画用什么样的章?首先气韵要合。白石的章和他的画就十分合,是浑浑然一体,朱新建的章也如此,他用别人的章还真不行。傅抱石也治印,却不怎么出色,他曾给毛泽东治一印,现在还在南京美术馆里放着,章料的尺寸不能说小,是平稳,但不精彩。前不久在日照办画展,看到老树的章,画上错错落落盖了许多枚,横平竖直的宋体或楷体,居然也很好,让他的画更加书卷气。胡石的章和胡石的画和字也很合,是打成一片。

我没刻过玉料,竹根也没刻过,要刻章,就只买最便宜的寿山普通料,当年去潘家园,一买一大堆,四五十方,或一二百方,用一个兜子拎回来乱刻。刻章太让人入迷，方寸之间变化万千，磨了刻，刻了磨，磨了再刻，一天的时间就过去了。我后来不再刻章是因为它太让我入迷，几乎和打麻将一样，都耽误事。所以至今也没有成绩给刻出来。以前刻的章，我自己的，有几方现在还用着。现在经常还用的闲章多为李渊涛所刻。有一次吃饭，渊涛和我打赌，那时候我也年轻气盛，还不就是多吃几个饺子，只要吃四十个饺子，我就可以在他的章里挑十方。结果我赢了，但也撑得够呛。那十方章，我拿回来，能派用场都派用场，也热闹，其中有一方是"戏为幽兰"却偏要盖在梅花上。文不对题有文不对题的好。

我没刻过陶印，那次为李云雷和徐则臣每人刻了一方，陶印的缺点是质地太酥，一下刀就掉渣，我刻印还不喜欢用太锋利的刀，以不太锋利的刀刻陶印，一下刀就两边掉渣，那两方印没刻好。钝刀治印别有一趣，但对陶印就黔驴技穷。

我为老作家李国涛刻一方细线白文"枉抛心力做诗人"，布局不好，但线条的力度和弹性还说得过去。当下国内朋友里专刻铁线的，我以为要数谁堂。

民国的哪位画家，记不清了，最是大度有趣，老来盲一目，他给自己刻一闲章，只四字："一目了然"。我喜欢这样的人。再说一句和刻章无关的话，那就是《上海文学》的主编周介人先生，已故去多年，因为脱发，他戴一个发套，那天吃饭，天热，他忽然抬起手来把假发套一摘，往旁边一放，说："妈的，太热了。"这便是潇洒，是可爱。我看画，最怕看到"细雨杏花江南"，这样的闲章，像是有意思，其实是没一点点意思，朱新建的闲章"快活林"有多好，人活着，就是为了快活。但又像是，朱新建只是说过，但他没这方闲章，那么，得空我要给自己刻一方"快活林"。

　　——为了快乐。

爬格子

许多人把作家写作叫作"爬格子"，像是有那么点写实的味道。八十年代写稿真可以算是辛苦，写着写着就真的要"爬"在那里了，八十年代的作家也真是能熬夜，写一阵，看看表，半夜十二点多了，再写一阵，再看看表，已经是凌晨两三点了。那时候，我常常会一直写到凌晨三四点，为了醒醒脑子，我会走到自家北边的小院里看看天上的星斗，星斗是那么的清冷，那么的明亮，周围又是那样的寂静。在这种众人都睡你独醒的时候，你的脑子像是特别的清醒。我那时候年轻，在仰望星斗的时候，心里觉得自己特别的了不起，是在做一件伟大的事情，到了后来，才明白作家只不过是一种职业，任何加在作家头上的美誉都很好笑。

八十年代作家写长篇，简直是无一例外，几乎全部是靠手写，一个字一个字地写，一个字一个字地抄。在一次大学的讲座上，有个大学生突然站起来提问：您的第一部长篇，三十多万字，真是一个字一个字地抄吗？我当时在心里笑起来，难道可以两个字两个字抄吗？那只能是用电脑，一下子打出两个字或三个字的词来。所以近二十年中国的小说产量才会那么高，有人计算过，现在小说的年产量是二十年前的三十多倍还不止。所以我会在心里更加佩服那些古代的作家，用毛笔，写小楷，那些上百万字的小说是怎么做出来的？那才真叫是毅力！比如《红楼梦》，或者是《三国演义》。简直是"好家伙！"

八十年代，是一个充满了种种美好理想和憧憬的年代，写作在那时候真是神圣，开笔会，头天晚上就开始兴奋了，想第二天怎么发言，"思想"和"哲学"这两个词在那个年代总是挥之不去。那时候写发言稿是彻夜的事。那时候没有电脑，只能靠写。我那时候特别喜欢那种很大张的稿纸，这种稿纸的天地和两边的地方特别的宽大，改起稿来特别方便。那时候开笔会，不只是我，许多人都特别热心收集稿纸，《上海文学》《人民文学》和《青年文学》的稿纸，是让青年作家眼热的东西。一旦收集来，却并不单单是用来写稿，更多的是用于写信，亦是一种虚荣心。八十年代人们没有手机，打电话也不方便。想和朋友说些什么就写信。各种的信纸，各种的信封，都是为写而准备的。信纸有特别漂亮的花笺，信封也有各种的样式，上边且印着各种漂亮的图案。我认为，近二十年来邮政是中国历史上最没有美感的邮政，一时间，竟然取消了所有形式的信封，要想寄信就必须买他们印制的那种牛皮纸信封，可以说是一种可耻的垄断行为，好在，我们现在有电脑，想说什么可以发电邮！好在，我们现在有手机，想把消息告诉朋友，我们可以发短信！不必再为那种丑陋而统一规范的信封气恼。我现在自己印有好看的信封，我给朋友写点什么，比如用八行笺，写好了，装在我自己的信封里，然后亲自交给朋友以做纪念，我们才不稀罕邮电局的那一枚邮戳。

八十年代对作家而言是个辛苦的年代，是，一定要写，是，一定要把时间耗到，趴在那里，把背拱起，眼睛近视的，要把脸几乎贴在稿纸上，一个字一个字地写起。我的第一部长篇《乱世蝴蝶》，最后一遍抄完，右手的手指上留下了厚厚的茧。好多年后，才慢慢退去。说作家的写作是个体力活，可以说一点点都不夸张。用陕西话说，是"没有身体，吃架不住！"作家有写死的，从古到今，不在少数！而现在的写作就相对轻松得多。但我还是怀念八十年代，那种情怀，那种神圣感，那种彻夜写作的"耕作"精神。当然我也喜欢电脑，现在我也离不开电脑。我们这个时代是受电脑左右的时代，你去银行取钱，有时候银行的人会告诉你电脑出问题了，什么都不能办！

这是个让人有许多说不完的麻烦的时代，如果电脑一出毛病，作家的烦恼就更大，走出来，走进去，抓耳搔腮。我不大懂电脑，说来好笑，有一年过年的时候，我在电脑前点了一支香，唯愿电脑在新的一年里不要给我找麻烦，好好儿的别出毛病。我现在是完全接受电脑的统治！除此之外再无他法，谁让现在是"现在"而不是八十年代。

案 头

　　我的书房，现在是没有斋名的。前不久翻阅清代扬州八怪之一的汪巢林的诗集，很喜欢他的"清爱梅花苦爱茶"。这句诗真是很好，便想用来做斋名，但太长，如取其中两字，起一个"清苦斋"，又显得太骄矜。我毕竟不清苦，起码比一般人还过得去，还喝得起八九百元一斤的六安瓜片。我很喜欢周作人先生给自己取的斋名"苦雨庵"，后改为"苦茶庵"，左右不离一个"苦"字。如果自己也真把书房叫作苦什么庵，恐怕写出文章也要枯淡无味了，更何况我也没有"前世出家今在家，不把袍子换袈裟，街头终日听谈鬼，窗下通年学画蛇"的情怀。

　　再说我的书案，我的书案很像银行堆满账簿的台面，三面都是书。左边一摞是工具书，我常用的计有：《古汉语辞典》《辞海》《语言与语言学辞典》《说文解字》《中国地图》《中国大辞典》《日汉小辞典》。靠着这一摞的是大本重可达四斤之重的《乾隆抄本百廿回红楼梦稿》《脂砚斋甲戌抄阅再评石头记》《鲁迅手稿》《孙中山先生手稿》。旁边的那几摞就常常变换了。比如现在的有：《牡丹亭》《养吉斋从录》《新校九卷本阳春白雪》《金圣叹批本西厢记》《四声猿》《绝妙好辞笺》《古代房事养生术》《袁中郎尺牍》《坛经》《诗经》《易经》《孙犁论文集》《丰子恺漫画集》《博尔赫斯小说选》《冬心先生集》《六朝文笺注》《弗洛伊德主义与文学思想》《肯特版画选集》《林风眠画册》《京华烟云》《燕子笺》。这些书像好朋友一样团团围坐在我写字台的三面，终日与我频频交谈，令我想入非非。桌子左边还铺着一小块织得很粗放的小麻毯。这份格局比较特殊，毯子由绿、粉、黄、灰、紫五色的麻织成，写东西的时候正好衬着左胳膊，一边写一边喝茶时，茶杯也顺便搁在这块小毯上，既不滑动，洒了又不至于惊慌。小毯上有一拳大的玻璃球，球里一朵永开不败的粉色玻璃花。还有一青花笔筒，上边是山水亭林，为杨春华所赠，是她的画瓷作品。一汉代漆木瑞兽，其状如蟾蜍，却有角有翼，一对北魏蓝玻璃小鸟，玻璃里布满内裂，迎光视之，漂亮非凡，应该是当年从两河流域那边过来的存世孤品。还有两只大骰子，每一只都有婴儿拳头大，写累了的时候，掷一掷骰子玩，可以让自己休息一下。比如说，我的长篇《蝴蝶》，一共写了七章，就是掷骰子的结果：掷三下，最大一次是七点，就写了七章。桌子右边是台灯，粗麻的灯罩，灯下边是亮晶晶的小铜闹钟，提示我该去睡或该去做什么。旁边又是一方北魏四足石砚、四边各一壶门，砚面四角又各一朵莲花，砚池圆形，围着砚池周边又是一圈绚纹，古砚的旁边是开片瓷水盂、放大镜。还有放闲章的盒子，里边有几十方闲章，其中两方闲章我自己最喜爱，一方的印文是"友风子雨"，一方是"境从心来"。桌上还有镇纸，一块是糯米浆石的，上边镌"笔落惊风雨"五字。一块是红木镶螺钿的，三棱形，三面都镶的是琴棋书画。我很喜欢这个镇纸，画小画用它压压纸，我喜欢用很粗糙的毛边纸写写画画，这种纸留得住笔，画山水梅

81

花笔笔都枯涩苍茫！

我的案边，删繁就简到现在还有两大盆花，一盆是龟背竹，在书桌的左边，大叶子朝我伸过来，夜晚就显得很有情。当人们都睡了的时候，你就会觉得它是你的朋友。热闹时会失去许多朋友，冷清时会记起许多朋友。我的身后，另一盆几乎可以说是树，比我都高！叶子有蒲扇大，开起花来可真香，有人说它叫玉簪。我看不大像。这两盆花总伴着我到深夜。我常常于深夜想到的一个问题是，花用不用睡觉？这个问题恐怕无人能解答。

我的书房里还有什么呢？铜炮弹壳，一尺半高，里边插着一大把胡麻籽。让我想起那个小村子和那个部队。搬家后，我把许多东西送人，但永远不会送人的是那两件青花瓷。一件是花熏，像小缸，上边有盖，盖上有金钱孔，遍体青翠。当年是熏小件衣饰的，如手帕，如香包，如荷包。熏袜子不熏我不得而知，但我想象我的祖母用它来熏淡淡发黄的白纱帕，帕上绣着一只黄蝴蝶和一朵玉兰花。还有那青花罐，圆圆的，打开，盖子像只高足小碗，下半截就更像是碗。我很想用它来做茶碗，但舍不得。这两件青花瓷，一件遍体画着缠枝牡丹，一件遍体画着凤凰和牡丹。都是手画。除了两件青花瓷，还有几把紫砂壶，还有一盒老墨，老墨是一位小时候的朋友送的，他去英国伦敦定居已有十一年。那盒墨真香，打开，过一会儿，家里便幽凉地弥漫了那味儿。盒子是古锦缎的，里边是白缎。这盒墨我一直舍不得用，都裂了。十锭墨没有一锭拿得起来，再过数十年或数百年，它一定是书画家们的宠物。盒里白缎上写着我的一首诗，诗曰：

相见时难别亦难
常思相伴夜将阑
联衾抵足成旧梦
细雨潇潇送离帆

写这篇小文时外边正下着雨，是入秋以来第一场大雨，原想打开窗子让屋子里进进雨气，想不到那雨却一下子飘到案头来，用手摸摸，案头分明已湿了一片。

写　字

　　一个人与写字的关系一如吃饭喝茶，或者简直又如拉屎撒尿，没有什么特别之处，也就是拿笔写字，写好写坏是另一说，没有写过字的人起码是在清平世界文化进步的今天几乎没有。小时候学校里总是要上写仿课的，我们只这么说，老师也这么说，并不叫什么"书法课"，一到写仿课便拿了铜墨盒和毛笔，笔上总也戴着个铜笔帽，再夹上几张麻纸，一堂课下来手总是黑的，回家洗手，盆子里的水也是黑的。因为从小写字，只觉是与吃饭拉屎一样，便没了一点点敬意在里边，这敬意当然是对写字。及至长大，才知道写字原是一件好事，可以让一个人的心静下来，可以让一个人暴躁的性子有所改变，但春节来临之时看别人伏案大书亦是苦事，纸是红的，墨是黑的，一时红黑满屋让人两眼发花。古时《世说新语》中的一个人物，也懒得去查他叫什么名字，是当时的著名书家，皇帝盖了几十丈的高楼，及至竣工才发现上边居然没有匾，便命这书法家上去写它一写，找来大筐子要他坐在里边，如帚大笔和几大罐墨自然也一并放筐里，众人一起吆喝起来，合力把这书法家用大筐子拉到半空让他去写。字写完，众人再吆喝起来，合力把他从半空中放下来，据说此时那书家汗亦是出了满头满脸，人亦是面如死灰，头发也猛然白了一半。后来此书家告诫儿孙，学什么也不要学写字，更不可把字写好，被吊到几十丈高的楼上去写字是要吓死人的，每每想起这个故事我便想掩口发笑，想想此先贤高空作业如此心惊胆战，自己在心里居然有那么一点点恶意的开心就觉得自己有那么点不厚道。昔年见有人请学者诗人书法家的殷宪先生去搞配乐书法表演，我在下边也差点要开心死，音乐节奏忽快忽慢，一时不知他在台上是该行该草。现在是盛世，什么新鲜的事都有，有妙龄长发女子被全裸了，浑身再裹以透明薄纱，然后被两个后生子拦腰抱着，再用她的头发饱蘸墨汁，一时被一个书法家操纵着这么一下那么一下地写起字来，终被那些不懂书法的人一时火起打跑，这也是一件近来最让人开颜的事。

鄙人写字的习惯是，早上起来就写一下，用那种颜色发黄的毛边纸，先把正面写过，然后反面再写一回，淡墨写过一回，然后再用浓一些的墨再写一回，然后才去做别的事，比如吃一根油条或再加上一碗豆浆。然后才开始改昨天的稿子。

鄙人写字很少用正经的宣纸写，是田舍翁小家子气一样的那种舍不得，家里储存了不少的好宣纸，莫名其妙地就觉得自己很富足，但实实在在地用起来，却总是一用好纸就生气。就像巴尔扎克笔下的那个高老头一样的脾气，每花掉一点钱就生气。鄙人给画店画画儿也是这样，好纸总是舍不得用，总是先用不好的纸，再用好的纸，裁下的纸头亦要画一个小虫放起来，实在是吝啬的可以，但我并不思改过。开笔会看别人十分豪放地一写就是一地的字，写坏的纸团作一团又一团也是满地，鄙人便会在心里大气起来，书画的笔会真是纸的噩运大限。

写字是一件要让人静下来的事，有人表演书法，浑身紫花唐装，持笔大叫上场，两眼圆瞪，浑身用力，有一次我在旁边忽然大笑起来，是实在怎么也忍不住，也是大没修养，但我也宁愿不要这样的修养。这样的场合我现在不去，写字是自己的事，何必非要观者如堵。

我写字，直到现在也只用毛边纸，在好宣纸上写字，在我，就好像做贼，虽然惯走江湖，也难免一时心紧气紧。

读书与写作

如果问我喜欢什么？那么对我来说，很可能就是读书。当然，吃川菜喝绍兴酒写小楷画兰竹也很愉快，但过后总觉空虚，都不如读书来得有滋有味宁静而充实。

读书无疑是一种自闭。试想孤守一室，面前只是书——这是一种说法。如果从另一个角度去认识读书，那么读书又是一种美好的自娱。当然这个自娱不是一个人能完成的，还得有书，书是对象，外边下着丝丝的小雨，有人撑着伞在雨中踽踽行走，而你却慢慢走进书页里去。这都是很愉快的事——这不仅仅是阅读一本书，而是生活方式之一种。

我认为读书和吃饭不同等重要，吃饭是用嘴，人脸上的器官数嘴肮脏！读书是用眼睛，眼里揉不得一点尘屑。吃饭是为了活命，读书又为了什么？我常想，吃饭可以使人发胖或不慎得上胃病，读书有什么用呢？读书破万卷，下笔若有神！若有神又有什么用呢？这是我常在想的问题。

我的食性颇杂，但很怕吃炸蚕蛹炸蝉之类的食品，端上来先就是一怵！看到别人满脸油汗勇敢地举箸大嚼也不知有羡。尤其是炸蝉，我会想到蝉肚子里的屎和尚未消化的树叶了。我不相信蝉只凭饮风吸露就可以维持生命从而高歌不歇，我认定了它要吃叶子，于是，便剖开炸得半焦的蝉去看里边有没有绿色的东西，结果恶心欲吐。但对于读书，我却不这样挑剔，什么都喜欢翻翻。我喜欢在晚上睡觉前读一些性的知识，如果我的爱妻在身侧的话。在厕所里蹲着的时候我爱看食谱，比如袁枚的《随园食谱》和黄云鹄的《粥谱》。我想我在厕所里读食谱一定和排泄有什么关系，后来想明白了，一个是进，一个是出，简单得很。袁枚是个很会享乐的老头儿，但他的酒量可能平平，而且他喜欢喝绍兴老酒。不过他对汾酒有极好的形容：

既吃烧酒，以狠为佳，汾酒乃烧酒至狠者。余谓烧酒者，人中之光棍，县中之酷吏也。打擂台非光棍不可，除盗贼非酷吏不可，驱风寒，消积滞，非烧酒不可。汾酒之下，山东高粱烧次之，能藏至十年，则酒色变绿，上口转甜，亦犹光棍做久，便无火气，殊可交也。

这段文字很令我喜悦。

写《粥谱》的黄云鹄是位迂腐的糟老头子，但于迂腐之中也时见令人可喜之言论。如他喝粥有种种的讲究：

水宜洁，宜活，宜甘。火宜柴，宜先文后武。罐宜沙土，宜刷净。宜独食，宜午食，宜与素心人食。食后髭须宜揩净。食后宜缓行百步鼓腹数十。宜低声诵书，宜微吟，宜作大字（作小楷必低首垂腰，食粥饱怕不宜）。

这是何等的姿态！如果说我读书"食性杂"，那么厕所就是我的"杂览斋"，如果题匾的话。古往今来有没有在厕所挂匾的？

有一次夜里我被楼上的流水声弄得久久睡不着，我想来想去明白问题出在我的心——不是声音在入，而是我以自己的心去迎合那声音。我便突然下决心吟诵一些诗句以驱逐内心的魔乱。我忽然想到了"夜船吹笛雨潇潇"这句诗，我幻想我躺在雨点斜扫竹篷的船上，身下是脉脉的江水……后来竟睡着了。古典的诗词常常能引人入魔，这也反衬出我们现代人的可怜！不过夜里失眠背诵一些古典名句也真是无可奈何之中的慰藉。如：

池塘生春草。
蝴蝶飞南国。

天生地造的一种毕美！我常常惊叹古人捕捉美的能力，为他们有那样的眼睛那样的手段妒忌不已！更使我佩服深深的是能将那抽象难言的心情表达得十分优美具体。如：

思君如满月，夜夜减清辉。
春如十二三女儿学绣，一枝枝不教花瘦！

我常常被这些美丽的句子折磨得思来想去。这么好的句子都让古人写了，我们还能留给后人什么？这是我读书写作之余常常想到的问题。

古典的诗歌，似乎更简洁更内涵丰饶一些的要数《诗经》。古人把《诗经》与《周易》并驾称之是有道理的。

女曰鸡鸣，士曰昧旦。

子兴视夜，明星有烂。

这种诗歌的境界透着远古的清冷，总是深深打动我的心。它又很像是现代人的吟诵。

我读书的时候常常想，艺术的终极目的是什么？后来我终于明白了，艺术的终极目的乃在于让人们一下子忘掉现实，坠入艺术的黑洞里去。欣赏范宽的山水，你会不知不觉走进那萧索的深秋山林里去。听音乐也是如此，比如"高山流水"这一古琴曲，被刘滋饶老先生弹得出神入化！那真像是一根柔韧而结实的绳索，把你一下子牢牢牵定。读书也是这样。

有一次我携了一部石印本的《聊斋》，到离云冈石窟不远的观音堂里去读。观音堂对面是石头山，背后亦是石头山，左边是石头山，右边还是石头山。那一夜下着急雨，寺院里又没有电灯，只有摇摇曳曳的红蜡烛。那个比我只大两岁的年轻和尚在后边的禅堂里不紧不慢地敲木鱼，雨气和阴凉的寺院气在禅堂里游动时，真让人恐怖极了！这可能就是情与景会。那一夜，真是令人难忘，那一夜我读了《画皮》《席方平》，后来就恐怖得不敢读了，跑到楼下后边去和那个和尚说话，至今想起来还是有一种冰冷的恐怖感。那一夜我和那个年轻和尚同被而眠，他的粗布被子有一股久浸入内的香火味。我闭着眼想象他是得道的高僧，鬼神奈何他不得！我在受着他的呵护。

　　我实际是一个满足于心理虚像的人，这样的人应该去做画家，我却执笔为文，这是一个错误。

　　那一夜我深深感到了文字的力量。如果没有书，那一夜一定平淡无奇，唯有风雨入耳矣！在那种境界里，书使我忘掉了现实中的一切——音乐绘画我想都不会有这种力量，听音乐的时候，你更像是沉浸在河里，听凭河水从自己身上流过。看画的时候你往往想到的是另一种天地，与你所置身的这个天地的区别。读书则不然，读书是一种行走，在书中行走；一种接受，交往从未交往过的人。清末有大家女子忽然染病蜕逝，死后人们发现了她枕下的《红楼梦》。她的死是不寂寞的。有人抱着《红楼梦》跳海，那么，他究竟是跳到哪里去了？真应该好好儿想想。读书真是太复杂了，人人都在书里撞来撞去。高尚的书令人高尚，如《简·爱》，你读后会觉得自己有些卑下。低级的书往往令人低级，如《玉蒲团》，不但引起生理上的萌动也让人想入非非，我就是十六虚岁上读《玉蒲团》学会了手淫的，尔后很轻易就读懂了《西厢记》里极隐秘的句子。《玉蒲团》这本书给我以异常强烈的刺激，它使我在少年时期便明白了性远远要比写字、治印、画画、吹箫、品茶、赏竹、种花重要。

各种的书有各种的品性：狂躁、偏激、忧郁、粗野、腐败、神秘、恐怖、苦恼、残忍、混乱。我九〇年住院时，一个十七岁的皮肤白皙的少年和我同病室，他的腿断了。出院后我才知道他是看了金庸的武侠小说，心辄向而往之，从高处往下跳。后来我一想起那少年就觉得异常亲切。我痛恨借读书以致昏睡的人！

人和这个世界交往的方式不外乎交朋友——优游和宴乐。交朋友交到最后会是什么呢？什么也没有！当友情和爱情和种种不可明说的情绪沉静如水之后，你会发现内心一片空白。此时，唯有书能暂时进入你的心，或你暂时进入到书的纷繁情节里从而摆脱孤寂。书是人类最好的朋友。

苏东坡真是个很会读书的人。他读书的地方真是妙极了——九江和青衣江在那里汇合，夜夜听着不息的江声，他在那里读书写文章。故其文奔放而浩漫。我上乐山的时候就感叹古人做事的严谨：不图苟且，生活态度之有味。在好的环境里读书，真的能唤起人们美好的生活感情。如在春天花开的时候，去找一株开花的大树，坐在树下读一本书，让花朵静静飘落在自己周围和身上……但这时候读什么呢？

有人告诉我，上好的大米饭合着一盏清茶，其味绝佳。我一试果然如此。

那一次，我去地名叫"红沙坝"的地方，在那里我被惊得目瞪口呆，是因为看到了那么两大株气度雍容的海棠树——简直是两座花山！那次我是刚从太原回来，行囊甫解，躺在花树下，落花打得我脸痒痒的，太阳晒得我下半身十分惬意。我想读书，行囊中翻出了泰戈尔的《飞鸟集》，翻了几页，我突然觉得悲哀——大自然如此美好，还要我们作家做什么！所以我劝告你在极其自然的地方，读些极为不自然的书，在极为不自然的地方，读些专讲自然的书！这会对你的身心大有裨益。

读书人有书可读是幸福，更加幸福的是有选择有癖好地读自己情有所钟的书。比如我，很爱读日记与书信。这可能是一种窥私癖，比如我就很爱读鲁迅的日记，终究弄不明白其"濯足"是怎么一回事。一个南方人，十天半月洗一回脚？鲁迅先生是学医的，不会如此不懂卫生吧？我想可能是别有所指。

又如读毛泽东的书信，突然读到以下这封简函，是毛泽东致任弼时的：

弼时同志：

送上红鱼一群，以供观览。

敬祝健康！

毛泽东
六月九日

　　查一九四九年六月九日毛泽东初到北平，他在什么地方弄来一群红鱼？是金鱼还是锦鲤鱼还是热带鱼？这是何等的风流蕴藉！如果不是读毛泽东的书信，许许多多的人做梦也想不到毛泽东会像普通人一样赠任弼时一群红鱼。读日记和书信的一大好处是更接近你想要熟悉的人。

　　读书和写作不同，写作起码要有一张桌子。对于我来讲，还需要有一个比较安静的环境和一两盆花。我写作的时候喜欢有植物在旁边。绿色植物往往导我入宁静。读书则不必非要有一间书房，手携一卷何处不可展读！古人的"三上"我记不清了，大约是厕上、马上和枕上。在马上读书我想是件危险的事，且又读什么书呢？读极正经的书，如四书五经，显然不行。读《史记》《战国策》似乎也不可能。我想也不过读些小词小令之类的东西吧。马上读书危险——九一年吃新鲜蕨菜

97

的时候，我骑一匹红马从五台山上下来，**山陡路滑**，我一次次好像要从马头上翻栽下去，骑马下到山底，心犹惶惶乱跳。

现代的人往往难以想象古人的生活。比如顾炎武，他考察昌平一带山水，常常是要几头驴子驮书。照我们想来，似乎是孤寂萧条。其实不然，那是一个小型的旅游团，起码要有四五头驴子——一头顾炎武骑，好几头驮书，还要有驮粮驮茶具的。光茶具就有二十四件头，比如茶灶、茶盏、茶活、茶臼、拂刷、净布、炭箱、火钳、火箸、火扇、火斗、茶盘、茶囊等。这已经是从简了。还要有驮换洗衣服的，还要跟一二仆人。如果顾炎武要在驴背上昂然读书，那一定要有人在前边牵定了驴子，绝不可能驴蹄嗒嗒信驴由缰。顾炎武想来个子很高，因为我记不得是在什么地方看到过他的一双鞋子，足有现在的四十三号码大！想必个子也会有一米八左右。这么大的个子骑在小驴背上是不大舒服的。我想他在北京昌平一带考察山水一定是骑着马，但在马背上读不读书这很难说。李贺是会骑在驴背上作诗的人。李贺人一定瘦削白皙，所以才早亡。骑在驴背上吟诗，吟则容易记则难。古代没有金星牌自来水笔，吟出了好诗怕忘掉就要赶快下驴记下来。想一想，古人没有我们现在的方便倒有比我们大十倍的耐心！这一点令我惭愧而感动。古人的文章总写不长可能与书写工具有关，从这一点上讲，茅盾先生用毛锥子写完一部《子夜》真是令人起敬。古人的"三上"，最令人愉快的是枕上。我是喜欢卧在床上读书的，我爱人说我没骨头。我想人在不行走不劳动时没骨头也许是好事，很柔软地躺在床上全身心地放松，像鱼一样游到书里去。我很想找人画一幅"卧床读书图"，但分明很难画，反而会给人留下装模作样的坏印象。有些床上的事情，采取什么姿态都不让人觉得是装模作样，唯有卧床读书，一入画便俗不可耐，怎么看都是装模作样！毛泽东是卧床读书的大家。他有两副卧读时戴的眼镜，一副没左腿儿，一副没右腿儿，朝左躺卧戴没左腿儿的，朝右躺卧戴没右腿儿的。从事写作的人，大多是卧床读书派，写作时一定要腰板挺直，读书时所以必不能再这样，就像是弓，要一张一弛。

　　我常常想有朝一日躺在草地上或躺在菜花丛中去读书。我常常这么想，满足于画面感的想象，却从没有去实践。我想一旦真躺在草地上，蚂蚁啊，虫子啊，螳螂啊，各种不知名的虫子在你身上爬来爬去，读书兴趣就会减半！更不敢想的是突然从草丛里滑出一条黑油油鸡脖子粗细的花蛇来。

我从小畏蛇如虎，八七年、八八年、九〇年、九一年，我住在南京上乘庵我的好友苏童的斗室中，睡在他的地铺上，晚上就觉得有蛇在从窗外的石榴树或枇杷树上蠕蠕地爬进来。我这种神经兮兮的胆量，怎么敢躺到草丛中去读书！有时在电影里看到人们在丛林中奔跑或迟疑地走动，我就不由得为他们担心，怕他们遇到如椽大蛇！

总之，我很少看到郊外林间有人在草地上仰然跷然地读书。在车上读书也不可以。有一次我在公共汽车上读随手抓到的东西，结果车过七站我才发觉，再坐回去时已误了事。

我的书一般不借人，如果此人看书时爱龇牙咧嘴地搔头，我就更不借。打耳光也不借！看书搔头是一大恶习！残发和发屑落在书页里这本书就算给玷污了。一边看书一边吃东西也不好，比如把芝麻烧饼的碎屑什么的

100

掉在书页间总是让人不快的。但读书时吃苹果似乎还行得通，不像橘子、香蕉和炒栗子，苹果的汁液又不会充盈到滋滋溅射的程度。

许多人都认为写作是苦役，但我想十个真正的作家有九个都会喜欢伏案写作。因为写作的时候才是作家最愉快的时候。当白白的稿纸铺在你眼前，人物和场景慢慢在纸上浮现，那真会给人带来一种异样欢快的感觉。有人习惯于在家中熟悉的环境中写作，如作家李锐；有人习惯于在写作中听音乐，把声音放到最低，低微得好像是从星际传来。这种种怪癖总是因人而异。

我写作散文时总离不开茶，总要泡一杯三月的新茶，在茶的淡淡青涩的味道里走进我的散文，所以散文也总写得浓烈不起来。我的作品大多属可有可无之类，我想这与我在写作时爱喝茶有关。茶实实在在是可有可无的东西，不具备猛烈的力量，不像酒，喝下去便让人晕头涨脸发疯要死！爱喝酒的人是不是可以写出惊天动地扭转乾坤的东西，我看未必！爱抽烟的人又如何呢？

享用新茶要有精神，用精神去契合茶。用嘴用鼻都不对！新茶是喝到精神里而不是胃里！

我读《简·爱》时分明感到了英国的潮湿和多雾。我这么说实在有些可笑，因为我没有去过英国，但我想《简·爱》的作者一定是在英国多雾潮湿的环境中完成的《简·爱》。《简·爱》这本书有阴冷让人难耐的一面。我不知道夏洛特·勃朗蒂在写作时是否吸烟或是喝酒，但我想她会去时不时地烤火，在壁炉边沉思。

　　我写《永不回归的姑母》是在晋北的山上，那个村子叫马口，是春天，去的时候山隔间桃杏花在忧郁地开放着，山里的桃杏花静静地开静静地落让人觉得伤感，因为没人去欣赏它们。后来我住到山上，在几乎一夜间写完了《姑母》，约三万字，第二天天亮了才知道外边下了雪。对面山上一派银光闪烁。我住的那家土窑是在一个高山坡上，因为下了雪，我就下不了那个坡，要想下，就得坡上有人用绳子牵着你才可以，像牵牲口一样。我不愿下去，就朝下看一夜之间披满了雪的桃杏花。又是雪又是花的景象就是那次看到的，我不知道那些花朵感到了寒冷没有。我住的土窑里的那只猫在灶台下的灶洞里生了一窝小猫，在半夜的时候母猫率领小猫出来练习走路，我就顺手把它写进了小说里。《永不回

102

归的姑母》有一种凄凉感，就与写作它的环境分不开。
那次待在坡上看雪和花组合的奇景，我想到了陆游的诗：

溪头欲觅路，
春泥不可行。
归来南窗下，
袖手看新晴。

我写作的屋子不大，由于放满了书，就显得更小。
我的书没处去，只能安排在我的小床上、桌上，各种地
方都摆一些。我写作的时候不仅不会受它们的影响，我
看到桌上那么多作家的作品，便常常想我是否会写得比
他们好。我写作的时候很怕太阳晃，一晃脑子里就一片
空白。白天我得拉上窗帘，像鼠类一样向往昏暗。我写
作又很怕桌上突然出现极新奇的东西，比如去年一个朋
友送了我一只日本茶碗，碗里碗外都画着几笔青花。这
种茶碗只适宜赏玩而不适宜品茶。我一边看着它一边想
日本人实际上从各方面讲都很小家子气，比如他们的漆
器和瓷器都做到了家，反而没什么意思了。插花和饮茶

到了他们那里便变成了一套规矩，这真让人受不了！我由瓷碗想到了这么多，还想到了感情上和我似乎有些亲近的日本女翻译××××，她在八五年把我的《荷心茶》翻译到日本，后来我在大同宾馆见到了她，和她没头没脑地谈话谈到凌晨两点。她毕业于北京大学。因为一只茶碗我想了这么多，结果文章就写坏了。所以，我在写作的时候很怕新奇的东西一下子扑到眼前，连厨房里炒菜都不行，香味一飘来，我就蠢蠢欲动。晚上写作无疑是最好的选择，但晚上写作的人容易悲哀。我写到夜深人静时会有一种莫明的恐惧袭上心头，那常常是午夜时分，写着写着突然浑身一抖，身后很冷。这莫明其妙的一抖，真是让人感到害怕。然后就是失眠。失眠的时候我就总想做一种事，但此时人们都睡着，包括我的爱妻，于是只能打消念头。

　　就是那样的令我莫明恐惧的午夜，我突然看到了案头水仙的轻轻颤抖。我养的一盆水仙，说盆有些勉强，准确说应该是盂。豆绿开片的瓷盂，是祝大同先生送我的，种着我每年必种的水仙，开的时候我就把它放在案头。那天夜很深了，我猛然回头就看到了它在兀自颤抖，叶片和花轻轻抖了一下，又轻轻抖了一下。我突然被一种未知的神秘之感攫住，在那一刹那我感到它的生命！它正望着我，我想这时许许多我生命都沉睡着，而这水仙却没睡，开着。我突然想起川端康成那篇《不眠之花》。我凝视水仙，觉得它实在是美极了，而这美又短暂极了。它盛开着的同时又包含着一种难以排遣的哀伤，生之中包含了死。我不知怎么就在那个午夜吻了她一下。我觉得我那一吻实在是伤感透了！我突然后悔我一直没有很好欣赏她，那种感觉真是叫人惊讶！那种伤感的情绪可能是我心底最真实的情绪，所以我写的东西总不能叫人昂扬或焕发。

我是一个可以走出自己的屋子到外边写作的人。我常常又能在一些新奇的地方被一些新奇的景物或事件紧紧攫住从而完成一篇作品。我在夜晚长江客轮的甲板上久久地注视过一位借着灯光用扑克给自己算命的姑娘，后来第二天我去客轮上的浴室洗澡，我看见她也去洗。她没穿鞋，穿着白色短裤，光脚踩着湿漉漉的甲板，脚红润润的很好看。我洗浴的时候似乎听到女浴室那边也在轻轻说话。那天我在船上写一篇散文《女人》。我很怕穿黑衣服的女人，那天夜里她在甲板上就穿着黑衣裙，有不少蝙蝠在轮船的探照灯柱里吱吱叫着飞行。

我在船上很爱洗浴，一天之中洗了四次！每洗一次精神都像获得了一次复苏！

那天我写得很顺利，我趴在二层铺上，一直那么趴着，一直趴到浑身不舒服，身下都湿了，第二天船就到重庆了。

写作的时候我真的离不开茶，一旦没茶我就六神无主。我的爱妻上个月从南方回来，给我带回来的就是茶，一百八十元一斤的乌牛头龙井半斤，一百六十元的惠明茶半斤，还有一百九十元一斤的买了一斤，竟然打在包袱里托运！人回来包裹还没到，我听了很急，很替那茶担心。我嗜茶如命，在北方储存新茶，最好密封放到冰箱里去，湿度和温度都可以使新茶历久常新。这是我的朋友金宇澄告诉我的。对于我来讲，有书，有纸笔，有好绿茶，就满足了。

吾家自有麒麟阁
第一功名是品茶

106

我在给李国涛先生刻的印章上刻了两句这样的边款，我把司空图的句子篡变了一下，原句好像是：吾家自有麒麟阁，第一功名是读书。好像是这样的。

别人是以画养性，我是以茶养文。以茶养文，文性必柔弱。天下柔弱莫如水，其刚也莫如水，水滴石穿是最好的佐证。

周作人先生一开始号"苦雨翁"，斋名"苦雨斋"，是因为他的八道湾一下雨就积水。后来又改名为"苦茶庵"，左右不离苦字！我想他写作的时候也可能喜欢有杯清茶在其侧。他写过一篇短得不能再短的小文叫《茶话小引》，这篇小文让人想到元人山水小品。文如下："茶话一语，照字义说来，是喝茶时的谈话。但事实上我绝少这样谈话的时候，而且也不知茶味——我只吃冷茶，如鱼之吸水。标题《茶话》，不过表示所说的都是清淡的，如茶余的谈天，而不是酒后的昏沉的什么话而已。"

鲁迅先生写作的时候也是要喝茶的，查鲁迅日记，一日之内有买五斤茶的记载。

寂静的午夜，专心的写作，清淡苦涩的茶，除此还要什么呢？

　　写作的时候我大多在午夜时分停笔，看稿的时间必定是第二天早上蹲在厕所里的事。我习惯第二天在厕所里把头天所写的稿子顺一遍，然后再洗脸，洗脚，吃东西。我总是早上才洗脚，这在我的一些朋友看来似乎有不可名状的诡秘成分。这是我很多年养成的习惯。夏天顺便也把"狐狐然"可能发臭的各处都洗洗，晚上我没时间。

　　我很崇拜清水，清凉的净水是神圣的东西。

　　我很羡慕那些有床大的写字台的作家，也想学他们桌上空诸所有，但我学不来，原因是我的住室仄隘得很，连我睡觉的床都要腾出一小半来放书。我写作时最感困扰的是牙疼，写的时间一长牙就作疼，不写牙就不疼。这很怪，一个好心的朋友送了我一本精装的《百年孤独》，也送了我一个医治牙疼的妙方，那就是嗑瓜子！他劝我边写边剥食瓜子，但我想了想终于无法效仿。一边写一边呸呸地吐瓜子皮，那样的文章，我想读者于阅读之时会心不安的！是否会听到嗑瓜子之声？我的牙疼，可能是写作时间太长而牙关又咬得太紧的缘故。我写作的时候总爱紧紧地咬着牙使劲，那模样一定很怪，很丑陋，很像有人拉胡琴时龇牙咧嘴的怪样子——如果猛地揽镜自照，我想总会被自己吓一跳，好在我写的时候没人偷窥。

我写小说的时候不写评论，道理很简单：小说是羊，理论近乎于屠刀！你不能提着屠刀去喂羊儿。我写散文的时候最愉快了，尤其是晚上十点以后的时间。下雨下雪刮风那样的夜里，我的写作欲望更加强烈，各种想法在那样的夜里会像速生草一样迅速生长。我写文章从不选择时下的、巨大的社会问题去写，而总是依恋个人生存状态和内在愿望去写。然而我怀疑晚上是否是真正写小说的好时光？古人是早上写大楷，中午写行草，晚上习小楷。作家呢，是不是应该白天写小说，晚上写散文？白天是装模作样的时候，晚上却相对要真实！季节与植物生长有重大的关系，冬季撒一把种子它必不会生长！写作是否也是这样？人和植物有共同点，植物老了，叶片要渐渐枯死，人老了，智慧的叶片也要一片一片凋零！心绪，时间，场景，对写作都有着神秘的影响，这都将反映到作品中去。

比如老子写《道德经》时就肯定内心很静，大概是在晚上一个人独处的时候。这时候天人合一。孔子述说《论语》里的那些言论时心情就不会有老子那么沉静，他的对面是一张一张弟子们的脸。川端康成的习惯是夜间写作，一直写到凌晨四点多，然后再躺下读一两个钟头的书才入睡。他写作的时间正是天人合一的最佳时间，所以他的东西才会那么宁静优美。从心态上讲，川端康成是个健康镇定的人，如不然，他不会镇定地咬着煤气嘴去自杀。比如我在午夜时分常常会有莫明的恐惧，川端康成会有吗？我为什么恐惧？这连我自己都不明白，但我又爱深夜写作。也许只有死亡才会把我和写作分开，因为恐惧也难以使我停笔！

　　因为写作是愉快的，所以世界上最神圣的物件之一就应该是笔与纸！纸张常常令我激动。雪白雪白的宣纸最易让人进入玄想了，稿纸也同样。

　　想来想去，唯一不使我烦弃的就只有写作。唯一使我凡心澄静的也只有写作。写作时我又常常想着一句话："独与天地精神往来！"

书边随笔

动物里，最漂亮的我认为是马。猪随吃随拉，无论仰倒在什么地方都可以酣然一觉，而且常常是哪儿肮脏去哪儿。狐狸的行径近乎仙与怪，所以从没听说有哪个马戏团能驯狐狸。猫科动物大多漂亮而嗜杀，夜间蹑手蹑脚地活动，让人想到职业杀手。马与其他动物有极大的区别，小时候去看马戏，一匹骏健的白马披着美丽的鞍鞯在场子里一跑，甭提我的心跳得有多快。我那时的梦想就是要有一匹白马。为了有这么一匹白马，我可以舍弃城市而去草原，去土墙土房顶的乡村。白马、红马、黑马、黄马、花马，想一想，我最喜欢白马，长长的鬃，昂扬的步态，还有什么动物能比马更显得骏健？

因为爱马，小时候就十分羡慕骑兵，威风凛凛地骑在马背上，"嘚嘚嘚嘚"就远去了。马出汗的时候有种非马莫有的气息，说不上臭，也不是臊，给我的印象很深，很刺激我，好像朦朦胧胧的有一种性的气息在其中而又让人说不清。后来看有关汉代的文字，知道汉代从西域进良马，其中有汗血马，据说汗出如血浆，当然是它奔跑剧烈的时候。我怎么想也觉得不可能。

唐人笔下的马大都硕肥。韩干和他的老师曹霸画的马都肥肥的，想来那马一旦跑动，全身的肉都要颤，尤其是臀部。我静静观察过种马场的一匹雪白的骏马。那马若有所思地静静站着，多情地望着我，风从它那边吹过来，长长的鬃毛便飘扬起来，还有尾巴。那天是黄昏时分，太阳落在马的背后，那情景真动人极了，马被即将落下的日头照得很灿烂。我忽然看到马的臀部猛地抽搐了一下，像中了电一样，从臀部到后腿，我吃了一惊，但那抽搐很美，很有力量，很富有弹性，我就朝它跑过去。那马前蹄一起一落地蹬了几下，然后不动了，看着我，我觉得和那马有莫明其妙的缘分。

明人画马就不如唐人了。好像是赵孟頫，画过一幅《浴马图》，马大多在水中，还有不知名的弼马温们，马左一匹右一匹东一匹西一匹足足画了一百匹，而且还各呈姿态，但就是没有唐人画马的那种风神！第一次骑马，说来可笑，是一九八八年，在陕西乾陵。天那么热，周围的大松柏散发着一种热烘烘的松脂味。我与苏童满脚臭汗、满头臭汗地走上那个坡，然后合雇了一匹枣红马，说好了一上一下要六元。苏童骑在马的前边，我骑在他的身后。那匹马很壮，毫不吃力，哒哒哒哒地走着。平稳而轻健，几乎是一路小跑，上那么高的大山坡。因为是上山，而且我骑在苏童的身后，我觉得自己时时要从马屁股上摔下来，很害怕，便紧紧抱住苏童的腰。我没想到马身上会那么脏，油腻腻的脏，把我那天穿的白亚麻裤子弄脏了。结果下山的时候就不再骑。后来去看了看武则天的无字碑，碑上伏着一只美丽的竟然是绿色的壁虎，那当然是在碑阴面，如在碑的阳面，会给烙熟了。

第二次骑马是在五台山，刚下过雨，寺院门外到处是卖鲜蕨菜的小贩，蕨菜啊——蕨菜啊——不停地喊。那天我的脚真疼，可能是走的山路太多的原因。上得山去，在一个什么寺，买了一册丰子恺的《护生画册》，一本《六祖坛经》，下山时就有些愁，于是突然就想到骑马，想起前次在陕西的骑马上山，又觉得骑马下山是何等的气概昂扬。试想马在下山，骑在马上的人身子朝后仰，睥睨千古的样子，于是就决定骑马。把那瘦伶伶的马夫喊来，说好了价钱，然后很神气地翻身上去，然后——才领略了骑马下山的可怕！刚下过雨的山道泥滑难行，马蹄时不时地滑一下又滑一下。因为是下山，马的每迈一步每一颠动，我的身子都要随之朝前大倾，总觉得自己时时要从马头上翻过去。我遵照马夫的教导，尽量把身子朝后仰，两只脚朝前几乎要蹬到天上去。下到半道，我实在怕得不行，连连喊停，马夫怕脚钱打了折扣，竟不肯，猛抽马让马快走，只说没事。担惊害怕地下到山下，马身上汗无一丝，我已是大汗淋漓。我想我当时的样子一定很滑稽，很难看。我明白了骑马下山真是不易，起码比上山可怕得多。依此想到许多古人能在马背上吟诗，真是令人羡煞！但我想那一定是平川：麦陇朝雊，露湿青皋，信马由缰，一边看景一边推敲诗句，多么的潇洒飘逸！这么一想，觉得自己愧不如古人。现代的人做什么都怀着一份急躁，进深山大谷去旅游，却忘了是游山，要一挂缆车风驰电掣地把自己运上山去，哪有行旅的味道？几匹马，一二僮仆，几箱书，一驮炉灶、一驮干粮、一驮古琴，一砚、一笔、一剑，马铃叮脆，多么的富有诗意。节奏问题也是生活形态问题，今人的不耐烦欣赏戏曲道理也正在这里。现代人似乎总是急于要知道故事的结局，而淡忘了那种欣赏。说白了，《三岔口》有什么意思，摸黑混打，滋味不在故事里。

"王子猷居山阴，夜大雪。眠觉，开室命酌酒。四望皎然，因起彷徨，咏左思《招隐诗》。忽忆戴安道，时戴在剡，即便夜乘小船就之。经宿方至，造门不前而返。人问其故，王曰：吾本乘兴而行，兴尽而返，仅必见戴？"滋味正不在访友，而在"夜大雪""四望皎然"的一路乘船徐徐行来，滋味在过程中。我们今天欣赏戏曲而意在看它的故事，则是一大笑话，重要的是要品味那一招一式，一腔一调。许多事情，滋味都在过程中，结局往往乏味。目的是什么，许多时候，目的就是——过程。如果你想登山，却不用你去登，而用直升机一下子把你吊放到你想去的山头上，有何意味？如果你想吃螃蟹，而不要你自己去剔剔剥剥地动手，由别人把剥好的肉满盘地送来，再蘸上姜醋往你嘴里送，有何意味？如果你想结婚，却让你略去一切过程，直接让你与并不相识的一位女子宽衣解带地上床，有何意味？抚养孩子的目的是让他长大成人，但是要你略去了哺哺亲育的过程，一下子给你一个二十岁的儿子，有何意味？还不吓你一跳？

骑马游山或徒步旅游与坐缆车上山有什么区别？不仅仅是时间上的问题。书斋里吟诗与在马背上吟诗肯定有许多不同之处。

执笔为文，执什么笔？毛笔欤？钢笔欤？而现在许多朋友已用了电脑，毛笔文化的那种意韵早已不复存在。至少，用毛笔写文章似乎需要更深的一种修养，蝇头小楷三十万绝非钢笔或电脑打三十万可比。假设这么想，曹氏雪芹住的不再是荒古寺刹，青灯纸窗，而是住五星级大宾馆操电脑打字，那《红楼梦》将从何说起？或者，这虚拟的作家不是曹雪芹而是蒲松龄，让他住在灯红酒绿舞乐声不绝于耳的宾馆里，他笔下的那些美丽的狐仙花妖是否还会翩翩而至！环境，所操工具，与文章有什么关系？顾炎武风尘仆仆骑马考察昌平一带山水写下的《昌平山水记》与我们今天坐一日游小面包写下的文字是否会有天壤之别？

骑马有时会遇到暴雨、狂风，或蔽空大雪。在马背上无遮无拦，马身上是一片雨湿，雨水从马背上溅激起来会打湿你的面孔，这种时候多么希望快快赶到一个驿站或一处温暖的茅舍。在暴风中逆雨而行或被风雪驱赶着往远处急急而行与安坐车厢里欣赏雨有多么大的不同。如果让身处不同环境的作家写同名的一篇散文，就以《风雨》为题吧，我想坐在车厢里的那位可能不会如马背上受难的那位写得动人。

《正气歌》之所以感人至深正是在于它乃是文天祥被难时写下的文字！

有些作家的思维速度与执笔记写的速度互相合拍，比如有些作家一稿即成，不须删改。那一定不会写得很快，思维与行笔同步或基本同步。而我就总是笔跟不上种种想法，所以稿子总是写得十分潦草，有时候自己看了竟不认识，倒要去请教别人，这是我常闹的笑话。

所以依此推想古人用毛笔写作，那一定是很从容的：书窗之下，一灯煌然，窗外风竹，唰唰如律，一笔一笔地写，想法慢慢如抽丝般来。毛笔写字，再快也赶不上风卷残云的钢笔。依此推究，电脑的速度与思维似乎也很吻合。于我而言，电脑操作再快，也没钢笔快，那速度，似乎要比毛笔还要慢一些，所以，也许电脑写作更从容。但是，那种写作时与纸张的亲近感也会消失了，字迹的个性也会消失殆尽，书写的快感也消失殆尽。

写字有一种快感——侵略和占有的快感。一张白纸，说不清属谁，一旦落笔，便永远著上你的印记，占有了。占有欲是人类最强烈的欲望之一。

我怀疑用电脑能写出好散文。

当然，骑在马上也是写不出好文章的，吟吟四六句还凑合。能在马上驰骋的古代文人与今天的吾侪们有很大的不同。我常想，在夜雨船中，风雪庙里，荒村郊外，那所思所想是不是会更有情味？我们也可以想想极现代化的文化形态的特点是什么：能使四季紊乱的空调、能不用一笔一画去写的电脑，能收万里于咫尺的电视，能顷刻天涯的飞机。电视已经使我们能一动不动游遍全球，一切知识已经只是壁上观而不是亲身去领略。

隔得很远，不关痛痒，细细一想，这很可怕，这种文化形态将使我们产生一种什么变化？产生一些与前人有什么不同的想法？

亲历意味着什么？

不亲历又意味着什么？

古人大都要会骑马，不会骑马岂能致远？行行重行行，与君生别离，那一定离不开马，就像今人离不开自行车。现代人，不会骑自行车的到底有多少？古代的妇女同志们，会骑马的有多少？归汉的文姬，出塞的昭君，都"嘚嘚"一骑出没于烈烈朔风之中。当然还有不少随众。一大队的人骑着一大群颜色驳杂的马，冲风冒雪，抄手缩肩，"嘚嘚嘚嘚"马蹄击碎了沉寂，而人也要时时关心那风雪劳顿的马儿，是否蹄下有伤，草料如何？人和马是有感情的，当你对着马的湿漉漉的大眼睛时与你看着自行车的感受怎么能够一样！昭陵的墓穴里如果刻的不是骏马而是美女，那后人对太宗的印象将会怎样？又如退笔冢，把年久废弃的笔头们放在竹箕里一起掩埋了，那之中有多深的感情与深深的奠祭。古时有退笔冢，而我们今天是否也会这样对待那些磨写得开了

119

叉的破铜烂铁塑料管？即以坐船旅游为例，过去的那种木船，在雨夜风晨往往会交织出一片诗意。如"夜船吹笛雨潇潇"，如"画船听雨眠"。下边是脉脉的江水，船篷上是不绝的"沙沙沙沙"的雨声。雨可能从船篷上渗漏进来搅了船里人的好梦，也可能风把系船的缆绳一下子吹开给旅人带来一夜的惊恐。船无论怎么舒适，毕竟是船，逼仄、颠簸，水狂拍着木头的船舷……一叶扁舟就更小。由船造就的意境与情调与安居在家截然不同。江天漫漫，芦荻瑟瑟，一支短笛，飞满江天，无限的凄情。而现在的大客轮，比如长江的客轮，二等舱，几乎就与一般客房没有两样，哪里像船！坐在里边不到甲板上去，你会以为是在陆上或在家中，雨、风、浪、雪，几乎都与二等舱无关，又到哪里去寻"夜船吹笛雨潇潇，人语驿边桥"的意境！"人语驿边桥"是在听，如果是"人在驿边桥"则是看。这两句诗妙在听：雨声、江水流淌声、喑呜的笛声，还夹杂着断断续续含混不清的驿站桥边说话的声音。是情人相会，还是讲什么军机要事？

境界的美在于此境与彼境的差异与区别。江轮舒适

120

如家居，风雨再不会对人形成情绪上的压迫，那意境也就退远了。

当书写再不是一种手工操作，一切手书的字迹都同化于电脑的字体，那么，人们对笔对纸张的神圣感也会消失殆尽。我喜欢看各种的字，古代书法自不必说，即使是当代朋友们的字迹细细看来也十分有趣，工整、流丽、张狂、畏缩、沉静、飞扬、木讷、丑拙，每一种字都让人想见写字的人的性格。朋友亲笔写来的信几十年后会更觉珍贵。忽然有一日，诸路朋友们都不再执笔来写，都在用电脑打信，一切都变得如同公文来往，想想真有些可怕。如同从今往后不再让你享用鲜美的水果而只让你去服用对养生更为合理的从水果中提取的各种维生素！那是一种残酷！

现代生活中有许多残酷的成分。

又说到马了，既然我那么喜欢马。摩托车与汽车怎么说也要比马好，但为什么我们会那么喜欢马？马的形态、马的嘶鸣、马的奔跑、马的静若处子的伫立、马的鬃毛的优美的飞扬……马一旦死了，主人会哀悼，做一只马头琴在荒凉的草原上呜咽出漫天愁云般的内心凄苦。倘若摩托车坏了，那结果一定是被扔到一旁，不再被主人顾视。世界上有没有"摩托冢"，就地挖一个坑，安葬坏了的摩托，立一墓牌？

我喜欢马，喜欢毛笔，即使不用，案头也放一方砚。这是可以引以为怪的事。摩托与马放在面前，我可能挑选摩托，现代生活在排挤马，也在继续排挤着毛笔，排挤着许多不复存在的诗情画意。当代生活的诗情画意又是什么？这么一想就觉得内心很乱。诗意是存在于观看人的眼之中的，也许我们不自觉，那么，让我们把自己想成是百千年前高冠博带的古人，让我们用一双古人的眼来看看今天，是否会发现一些诗意，或发现一些远比诗意更重要的东西？

曹雪芹是否会羡慕我们的电脑？成吉思汗是否会羡慕我们的车辆？这么想想，不必寻找答案。就像不必问我为什么会喜欢马，喜欢马的形态、马的气味、马的飘逸、马的神骏、马的飞驰、马的静立、马的慢步、马的嘶鸣。马真是美，美是不可言说的，世界上充满了美，世界是不可言说的。

在我的印象中，和尚的衣着的颜色非灰即黄，灰色的衣服是用草木灰染成的，黄色的衣服是用稻草煮染。这是在古代。具体的染法是把布匹或成衣和稻草一起放在大锅里煮，这种衣服染制出来总有一种难以弥散的草的芬芳。

七八年，我去五台山，忽然被一个年轻的和尚吸引。吸引我的是这年轻和尚的装束不同凡响，风度绝佳，人又瘦净。那么鲜明的黄色僧服，下边更加鲜明的是竟然打着两指宽的绿色绸腿带！腿带从膝关节一直打到脚脖子处。这绿绸的腿带很长，打完了还剩很长的一大截，便打个结，还有两寸多长吧，就一任它在走动时飘飘扬扬。这和尚俗姓白，单名一个采，法号忍能，后来成了我的朋友。有这么大胆的装束，我想他可能不同于一般和尚。我当时这么想。后来证明我这想法没错。忍能深喜书法，所到之地，该去的寺院不见得都去了，不该去的书法展览美展之类他都去了。看着他站在一幅幅书法作品前久久默立，不由得让人想起古往今来许多的和尚艺术家，我当时想，像忍能这样的出家人一定不会永远是佛门中人。后来又证明我的想法不谬，他现在已经还了俗，如潮不绝的情欲促使他还了俗。我和他在夜雨萧寺中探讨过一个问题，就是佛经上说过的"以手出精非法淫"。能侃侃谈论此事的和尚绝非一般出家人。那天夜里的雨下得很大，雨水从禅房外的鱼缸里溢漫出来，声音很大，哗哗哗哗像流着一道其脉偌大的泉。可能是由于雨下得太大吧，有两只蜥蜴出现在木头窗台上，静静听我们讲。

忍能是个懂得美的人，他的禅房一进门就是靠墙的一只香案，香案上供着一尊铜的昆卢佛。旁边又是一个格物架，上边有浑圆的青花瓷瓶，豆青的开片瓷花瓶，还有一个铜瓶。铜瓶味道很臭，所以不用的时候里边就贮满了石灰。忍能用青花瓷瓶插黄色的雏菊，把它供在昆卢佛前。用豆青开片瓷瓶插两朵白中泛粉的菊花，我不知那是什么品种，每一朵都只有睡莲大。那只铜瓶呢，用来插梅花和荷花。以什么器具插什么花，搭配本身就是一种审美。我看他插荷花，花是他自己采来的，一朵已开，露着里边嫩娇的小绿莲蓬，一朵尚未开，但已松松的要开，一朵高一些，是那开的，一朵低一些，是那未开的，一高一低，相映成趣。

器、花、色、姿，无一不佳。

忍能带我去采蘑菇。由于那个庙里只有四个出家人，分工就并不很细，所以我才有可能吃到忍能做的菜肴。忍能很干净，指爪无垢，我们吃鲜蕨菜烹鲜蘑菇。后来他又带我去距竹林寺很远的观音堂，那是一个尼姑庵，在那里我吃到了平生所吃到的最好的金黄金黄的腌菜，腌白菜和蔓菁，那么爽脆，微酸而甜。忍能告诉我每年深秋他都要来庵里帮尼姑腌菜。脱了鞋袜洗净了脚跳进埋在地下的几乎有一人高的大缸里去踩来踩去，把菜踩得紧紧的，用他的一双赤足。

观音堂东边那条小河严格说应该是条溪，溪边那几株梨树花落的时候，把小溪都漂得一片雪白。因为面对着这种景色，身边又站着忍能，我脑子里就突然想到诗僧画僧，想到怀素、八大、石涛、弘一。

作为作家的和尚我只知道一个人，那就是苏曼殊，但他的小说却写得太一般，远不及那些书画方面做出成就的出家人。

和尚眼里的美和我们眼里的美有何不同？他们在一花一世界里发现了什么？

当然我们现在已经无法想象怀素和八大山人或者是

石涛他们的禅房是什么样子，什么摆设，他们的笔墨生涯又如何？但我们可以根据出家人所应恪守的种种清规戒律去揣摸他们的生活。

繁华有两种：一种是外在的繁华，门庭若市、声色犬马，但内心冷寂。一种是内在繁华，外表看上去孤寂落寞，青灯黄卷、一木桌、一木椅、一竹榻、一古瓶、一铜炉、一瓦砚，但内心有热烈与种种华彩乐章般的想象。这是内在的繁华，大艺术家大多属后者，我想石涛、八大即属后者。

生活上枯寂沉定，而精神上却飞扬浪漫。

就环境而言，寺院怎么也跑不出寂寞的圈儿，虽然也有"曲径通幽处，禅房花木深"，但那花木会愈加引动人的无法释放的种种情欲。这里的主人是和尚而不是士子俗人，他们不可以邀友啸嗷赏花对月。这里的主人是出家的人，是有情欲而又不能释放的人，欲望的压抑的结果是什么？结果往往是朝别处排泄，排泄到书画世界里去，或寄托于锄花薅草。山西的玄中寺里高可齐檐的牡丹是否是这种寄托的产物？

寺院的香火鼎盛的那份儿热闹其实是永远无法入

126

侵到出家人孤寂的内心里去的，热闹的寺院也好，萧条的荒寺也好，都是表象。

我很向往寺院的生活。静，花木、屋舍，都静静的像一缕袅袅上升的青烟；寂，没有喧哗、没有市声，伏在花叶之下的蝈蝈也似乎不敢大声叫。向往寺院生活实际上是向往一种自然形态。寺院毕竟和现代化城市不一样，草染的衣服穿在身上柔软芬芳，不是香水和其他香料可比。而和尚们，他们向往什么，他们内心也许向往鲜明的颜色、高级的布料。人类就是这样，城中的想住城外去，城外的要想住到城里去；有家庭的想冲破家庭的桎梏跑出去，没有家庭的单身同志们却急抖抖想着成立家庭；没文化的人要装作有文化，有文化的倒要去近俗；没钱人勒紧裤带去奋斗一枚金戒以示自己富有，有钱人到处宣言自己没钱。

生活如走马灯的人，往往会在不自觉中把自己的精神之门户一个一个关闭起来，生活枯寂的人，却往往在枯寂中把自己的神秘灿烂的精神之门一个接一个打开。荒荒大漠上的游牧民族一年四季没有多少花红柳绿可看，便极尽了想象力使自己的衣饰变得色彩丰富漂亮起来。鲜明亮丽的松耳石多像一个又一个小小的湖泊的缩影。在南方人看来过分刺目的大红大绿的挂毯绣品而在大漠人的眼里看来却多么悦目。四季有花可看的南方，却偏偏在建筑上摒弃了漆彩而对木的原色、白的墙、青的瓦情有独钟。

南方是色彩的世界。

从这里是否可以探寻到一些和尚艺术家为什么会把自己的艺术推向高峰的信息。我们不妨把人比作是一条又一条河流，河流里的水总要流到什么地方去。出家人的精神河流分叉过于少，不像世俗之人的精神河流分叉如灌木丛的枝条。所以，出家人的精神河流之水具有相当的冲激力，它们会在艺术领域里流得更远，冲破更多的专为艺术家设置的种种障碍。一切的清规戒律筑成的堤坝迫使他们走向艺术的极致。如石涛，没有冥思苦想，没有手摹心写，没有登山临水穷尽自然之妙，更确切地说，没有寺院孤寂得不能再孤寂的生活，他怎么能登峰造极。如果他不幸而为政府官吏，头顶一根孔雀羽毛晨昏相接地处理案牍，夜以继日地"这边走，那边走，只是寻花柳"，那他怎么可能成为一代画圣。但也不能仅仅以清规戒律为理由来诠说某些艺术家之所以成为艺术家。

真正的作家只有在写作时才感到刻骨的欢乐！如果他在其他方面的兴趣远甚于写作时感到的欢乐，那么，他注定是凡庸之辈。那他的写作可能是一时的即兴表演，耐不住寂寞的一种冲动，一种世俗想法的唆使，一种争强好胜的努力。久而久之，他必定要从艺术领域嗒然退出。

作家的最大欢乐是什么——写作。

画家的最大欢乐是什么——作画。

这只是一种情形。另一种情形是逼使，种种原因逼使一些人走上作家和艺术家的道路，比如和尚艺术家大多属此一路。他排遣内心的苦苦乐乐的通道只有一条——书与画。著书立说是不可能的，那要介入葛藤般纠缠不休的世俗情欲，为佛祖所不容。苏曼殊是特殊的一例，他的小说写得很一般。

十三四岁十五六岁是一个人最美好的时光，这个时候往往是一个人向某一条路迈进的开始。俗话说"才女无颜色"，是相当有道理的。一个女子长得如花似玉，从很小起就引人注目，揽镜自怜，各种的场合、各种的与人周旋，应接不暇的话语、目光、手势、赠物、问询、诗稿、信件，她的心之屋被这些东西占据，再不允许堆放"文学"与"艺术"。而那些姿色平平或长得不姣好的女子们，从情窦初开之时就饱受了冷眼或起码是不被人注意，被人冷落在一个寂寞的角落里，太像是深山里的一株鲜花，没人关心它怎么生长，怎么开花。想要被人注意是一切人的天性，无论男女丑俊。于是，才女们的心便得以专一，如她内心聪慧，她会慢慢发展为内秀形。女作家大多不是美姿容，而大多又都内秀、多疑、敏感、伤怀、多愁，大多"梧桐更兼细雨，到黄昏点点滴滴"，"守着窗儿，独自怎生得黑"。女作家很少有人如花似玉，但她们是一些更加可贵的花，像茉莉，妓女们像什么？像月季！当然，这种相提并论实实在在是一种亵渎。女作家比一般女性更羞怯也更勇敢，侵略性与占有欲更强。女作家的作品大多结构不磅礴，视角比较单一，不像男作家那么广博。女作家的眼光又远比男作家锐利，如萧红。卷帙浩繁的回忆鲁迅先生的文字之中，最数萧红的那篇写得漂亮，把鲁迅先生写活了：

鲁迅先生走路很轻捷。刚抓起帽子往头上一扣，同时左脚就伸出去了。

有一天下午鲁迅先生正在校对瞿秋白的《海上述林》，我一走进卧室去，从那圆转椅上鲁迅先生转过来了，向着我，还微微站了一下：

"好久不见，好久不见"，一边说着一边向我点头。

鲁迅先生上楼去拿香烟，抱着印花包袱，而那把伞也没有忘记，顺手也带到楼上去。

来了客人，菜肴很丰富，鱼和肉，用大碗装着，多则七八碗，可是平常只有三碗菜，一碗素炒豌豆苗，一碗笋炒咸菜，再有一碗黄花鱼。

吃到半道，鲁迅先生回身去拿来校样给大家分着，客人接到手里一看，这怎么可以？鲁迅先生说：擦一擦，拿着鸡吃，手是腻的，到洗澡间去，那边也摆着校样纸……

　　一条条地写下去，回忆下去，全无章法，但十分真切，如在眼前，女作家的敏感把许多会被男作家忽略掉的细节都一一注意到了。

　　至于那些想通过文学跳到什么地方去的所谓的作家，他们的文学活动注定只是暂时的。女作家往往不是这样，她们特别有毅力，一如她们在水中游泳总比男性待得更久，但她们的写作范畴往往窄小，这是一切女作家的局限。男性作家的写作范畴如果太窄，比如只能写农村小说或别的什么小说，文字样式操作也太单一，如只能写短篇或屑小的散文，那么只能说明这个作家太一般化。男作家太应该像是一匹不安分的马，要到处狂奔或不狂奔而慢慢地走，但它要到处去品尝，吃遍东南西北的草，领域之大，难以想象。女作家则太像是厩中之马，难以驰骋出去，所以，她们往往有更多的渴望与想象，想象草滩，想象异类，想象湖泊，想象自己是一匹公马。

真正入道的人很少坐而论道，真正入文学的往往回避谈文学。喋喋不休，载车载道地谈文学者大多是浅薄之辈。女作家的敏感使她们绝少谈自己的作品，这与那些逢人便说自己作品谈自己细节的宵小之辈形成对照。

女作家与和尚艺术家有某种相通的地方，真正令她们欢乐的一定是写作。她们和他们——真正的作家们，注定只能走向文字，以生命、以青春、以不眠、以漫长的岁月——这就是真正的作家，很难想象一个真正的作家忽然去下了海。曹雪芹当年若去开小餐馆做"老蚌怀珠"之类的特色菜或开风筝铺去扎大沙雁风筝或肥沙雁风筝，那么，他一定能过上"老酒喝喝，花生米剥剥"的日子，他何至于"举家食粥酒常赊"呢？

何至于此呢？

我想他的欢乐不在于"老酒喝喝，花生米剥剥"，一旦坐在桌前提笔写作，笔下有多少繁华，多少美丽，多少荒凉，多少感慨，比饮宴、比狎妓、比掷骰、比斗大金印、比车载金银，比满床牙笏，比什么都更能令他快乐！——这才是真正的作家！

忽儿下海摸鱼儿，忽儿上山砍樵，忽儿视文学如厕中粪土，忽儿视文学如佛面金箔，让人哭笑不得，真让人想到曹雪芹的好友敦诚赠曹的一句诗：

　　残杯冷炙有德色
　　不如著书黄叶村

　　好像是这么两句，记不大清了。

　　在这个世界上，钱袋也许不是最好的东西，写作当然也不见得是最好的行为。人生是一个过程，一次对生命的横渡，或踩上石头过来了，或顺着桥过来了，或浮着水过来了，或被人背着过来了。此岸是生，彼岸即是死，两个极点对每个人都一样，但过程就大不同。

　　过程充满了差异，人生有味是过程。

　　有一个寓言，讲A朋友去看B朋友。B朋友在睡觉。A朋友心想，我不妨也睡，他醒了会叫我，就睡下。B朋友醒来，忽然看到A朋友睡在其侧，心想，他什么时候来的，竟然睡了？看看不醒，就想，我何不再睡一会儿，就又睡去。A一会儿醒了，看看B还在睡，就又睡。

B一会儿醒了，看看A还在睡，就又睡。

A一会儿又醒了，看看B还不醒，心里说，这么长时间还没醒，我改天再来吧，就起身走了。两人等于没会面。世间有许多错位。

你不能敲两下A门看看不开又去敲B门，这时候A门也许开了。

敲B门不开去敲A门，此时B门又开了。

敲A门不开去敲B门，此时A门又开了。

和尚没那么多的门，真正的艺术家和作家也没那么多的门。他们喜欢始终叩击同一扇门，像一个痴子，举手苦敲，"砰砰砰"，"砰砰砰"。许多聪明人敲不开门就去海里去捉鱼了，那边风景很好，他们在海里听到那边的敲门声。

还在敲呐！他们在海里玩。

或者听到敲开了，他们忙从海里浮上岸朝门那边跑，那扇门已经砰然关闭，那苦苦敲门的人已经进去了。

这是个寓言，人生除了生与死不可言说外，其他似乎又是可以言说的。

不可言说的世界，可言说的人生。

135

阳台农民

　　我是爱看新闻的，有时候还会看着看着就生起气来，那次是在喝一杯茶，杯里已经没多少水了，是屏幕里的新闻实在是太让人生气了，一时也忘了那是屏幕，只把杯子朝屏上一泼，这行为把自己着实给吓了一跳。但这依然不减我看新闻的兴趣，有一次看新闻，有一条是，南方的某乡民居然在楼顶上种水稻，这简直是浪漫，照片上的楼顶上果真是金灿灿的稻谷，由这乡民的稻谷，我便想起我自己的阳台。我现在住楼房的最高层，所以我的露天阳台一共有两个，南边的一个再加上北边的一个，两个阳台相加差不多有三分地吧，这是我的一个有乡下生活经验的朋友所说，关于一亩地有多大，一分地又有多大，我是连一点点概念都没有。只说我的阳台，一般的情况是，我南边的那个阳台用来养花，北边的阳台上因为还有两间坡顶的储藏室，杂物都可以收纳到这两间储藏室里，所以北边的阳台也就用来养花了。我的爱人把南边的阳台叫"南花园"，北边的那个叫"北花园"，这让我想起陶渊明的"南陇复北陇"或者是他的"日晚荷锄归"。我的阳台虽有南北之分，我却不会荷锄，更多的时候是我会端一杯清茶坐在南边阳台的玻璃小屋里看一本书，把竹帘放下来，人在布躺椅上躺着看书。前不久看了一本黑塞的《园圃之乐》，看了黑塞的《园圃之乐》，我不禁问自己，阳台可以是"园圃"吗？虽然也开了不少花在上边，我比较喜欢那些碎叨叨的小花，比如那种黄色的雏菊，还有"晚饭花"，其实这种花早上也开，也可以叫"早饭花"，只要太阳一落，或太阳还没出来它就会开花，这有些像俗名叫"勤娘子"的"牵牛花"，只要一晒到太阳它便不肯开了。我的阳台上还有薄荷，好几盆，薄荷的花也碎叨叨的，颜色是雪青色的，乡间的那种好看。还有另外的几盆，就是俗名叫"勤娘子"的牵牛花。而这些花之中，最有用的是薄荷，薄荷炒鸡蛋挺好吃，下面条也可以把薄荷的叶子直接放在面汤里，或者泡茶喝。到了冬天，干掉的薄荷照样可以切碎用来泡茶喝。因为这薄荷，我一直在想再种些可以吃的植物。这里还要补说一句的是，南方的朋友告诉我薄荷还可以用来做豆腐，我一直想着做做，但豆腐一买回来，还没等我做，不是让家人给拌了小葱，就是做了别的菜。所以每当我看到蓬蓬勃勃的薄荷就觉得还有一件事没做。

有时候读书累了，放下书想想那条乡民在楼顶上种水稻的新闻，我想自己不如也做一回阳台农民，把北边的阳台和南边的阳台都铺上厚厚的泥土，北边种谷或黍，南边种瓜或菜，这样一来，就可以过上自给自足的日子。胡兰成向往的生活是"现世安稳，岁月静好"，就饮食而言，我们的现世是既不安稳也不静好，人事阄论，连市上的瓜果都暗藏种种杀机。如果在阳台上施肥耕种起来，想必起码可以让人放心地吃一点东西，还可以让蝴蝶和蜜蜂在此飞舞流连。如果执意要做阳台农民，就必须要有农具，锄和耙，锹和铲，都要一一置备，还要有搭豆棚茄架的竹竿。到了冬天，还要把它们一一收好准备明年再用，各种的家具里，我最喜欢那种小手锄，不大，一尺多长，用来锄杂草很方便。过去的家中曾经有过这样的一把，是父亲用来侍弄花的。

白石老人曾刻一闲章，上边的七个字是"以农器谱传子孙"，如果真要在阳台上耕耕种种，我会考虑请南方的谁堂老弟来刻一方"阳台农民"或"天上耕种"的闲章，倒不失趣味二字。

阁　楼

　　说来好笑，我竟然会喜欢上阁楼，这也许与当年看到过周立波的一本小书《亭子间里》分不开，周立波青年时期贫穷而住上海，想必也只能找一间亭子间栖身。而亭子间也恰好像是当年文学青年的好去处。亭子间虽小，但有书籍可看就行，因为读书或思考，亭子间晚上的灯光往往会亮到很晚很晚，想必当年穷书生们用的都是那种美孚牌子的煤油灯，当年使用这种牌子的煤油是可以得到一盏美孚公司白送的灯具。那年我去上海，金宇澄陪我到处找宾馆，我是非要找一间很老很老的去处，在上海的里弄里转来转去，结果还真给他找到了，老旧的木楼梯每踏一级都会"咯吱"作响。上到最高一层，头顶便是一大块可以支起来再放下的大木板，上人的时候把木板支起来，人上去后再把木板放下来，下边的人休想再上去，真正是"一夫当关，万夫莫开"，好，就这样的在现在再也找不到的旅馆，当时让我一波一波地兴奋。那一晚，是金宇澄陪我待了一晚，隔床而谈，外边是不绝的市声，夜里的市声有几分朦胧，却又清晰，不断地从下边传上来，是一辆车过来了，接着又是一辆，或是夜归的人在说话，两个人，或三个人，过来了，又过去了，还有杂沓的脚步声，或是有人骑了自行车，居然按动了自行车的铃，"丁零零、丁零零"，深更半夜他按铃做什么？金宇澄告诉我也许是送牛奶的。忽然有人上楼来了，木楼梯好一阵"咯吱"，而复又归于寂静。这样的阁楼旅馆怕是现在在全上海也没有了。屋顶当然是坡形的，个子高的人会碰头碰脑。想想当年的生活，有多少人在这里碰头碰脑。这样的木楼，私生活几乎是公开的，你在那里翻身，整个床铺都会跟着叫起来，不但床铺，楼板都会跟着大惊小怪地"吱吱嘎嘎"，因此，如在这样的房子里新婚，那种种技巧必定要慢慢琢磨才会渐趋成熟。这样的阁楼顶顶合适给革命党们用来谈"布尔什维克"，或"英特纳雄耐尔"，放低了声音，谁会听得到？饿了，把一个篮子从窗口吊下去，让下边的人帮着买几个蟹壳黄或者再加几个茶叶蛋。

因为喜欢阁楼，上一次搬家的时候我就到处打听有阁楼的所在，我现在的住所就是一个复式的，上边那一层就是所谓的阁楼，亦是坡顶，一间的顶子歪过来，是"L"形，另一间的屋厅也是歪过来的"L"形。客厅和厨房是在下边一层，起居室也在下边，洗浴什么的也在下层。我的工作室和收藏室都在上边。有一阵子，我热衷于收藏古代的各种艺术品，也多是一些破烂，也都放在上边。在阁楼上，那两个小小的窗户可以让你看到完完整整的一片天，没有什么遮挡物。阳光也非常饱和，还可以看到粼粼的红瓦片。我在阁楼上读书写作的时候下边有客人来了，开门关门，说话换鞋子都与我无关，有一阵子客人们来常常是参观性质的，这边那边地看、问，忽然有人惊叫起来，是这一位客人看到了我的挂在下边的画，连说："好啊，好啊。"我在上边听了心里就很得意，希望他再多说几个好。那一阵子过来看画的人多，因为不知谁听说画价也要涨。也有人翻书。忽然有人惊叫起来，然后是笑，我在上边，已经明白是他们看到了那个朋友们从斯德哥尔摩给我买回来的小人偶，是性用品商店出售的那种，土著人，龇牙咧嘴，头上披着羽毛的冠，手里拿着土著的武器，一脸的坏笑。这人偶，怎么说，很低，但只需把他一提，好啦，一根其大无匹的生殖器便会一下子冲着你伸出来，而且是鲜红的，是毫不客气。这些都不会妨碍我在阁楼上边读书写作。下边的人不知道我在上边。若有人要上来看，我会躲到露台上的玻璃房子里去，却总是终于会被发现。我会说，你们什么时候来的？我怎么听不到？而他们却已经去了另一间屋，我有时候会休息一下的那间屋，那间屋的墙上挂着画家于水的仕女，放着我家的一些黑白老照片，还放着两幅我画的尺寸最小的草虫，大小各一巴掌，一只蜻蜓，一只蚂蚱，装在大真禅房主人怀一送我的花梨木圆角框子里，笔触非常细腻。接下来，他们又要过到这边的阁楼屋子里看，这边是画案和电脑，画毡已经非常的墨迹斑斓了，我写小说和作画都在这边，然后是楼梯响，照例是，她们或他们又已经下去了。上边又复归于寂静，日子便这样一天一天过下去。在阁楼上读书晒太阳的时候，我有时候还会想，上海那边，不知现在，还会不会有那种一步踏上去就"咯吱"之声绵延不绝的老阁楼？那样的阁楼，从窗口望下去可以看到下边的弄堂，上海最最真实的生活其实全在这种地方，再望望对面，对面阁楼上的胡琴也许会即刻响起，拉胡琴的阿丹那时候真是年轻，而且漂亮。

第四辑　且说胜利

读　报

那几年，有给报纸吓神经的，进了厕所，先看看坑里有没有擦拭过屁股的报纸，如有，马上挪一个坑儿，还有，再挪一个，如果还有，那就再挪，弄不好要拉一裤子。那几年，报纸的功能一是看，二就是擦屁股和引火，也有用报纸卷烟卷儿的，也得看看报纸上有没有正经东西，比如，伟人的像。如果有，那就找没有的。关于报纸惹大祸的事不讲最好，是，让人一讲一戚然。如有名有姓地把那些事写出来，想必会是近百年来文字狱的最好材料！因为报纸，不明不白，给拉去挨枪子儿实在是太冤。所以说，报纸不是什么好东西，要了多少人的命。

那些年，会时不时地接到命令要防空，那时候的防空也简单，也就是裁了报纸往门玻璃和窗玻璃上贴，这是街道上的事，街道干部带头，一伙子女人，有说有笑地打糨子，有说有笑地裁报纸，但笑声突然一下子没了，人们的脸都一下子白了，裁好的报纸上出现了伟人的一个耳朵，出现了伟人的半拉脸，出现了伟人的一张嘴或一只眼！大家你看我我看你，大家都在裁，也不知是谁裁的，所以也只能赶快烧了重裁。那时候，要想找几张没伟人像的报纸还不好办，报纸上几乎天天都有。如果连着几天没有，人们会纷纷猜测，互相打问，是不是出了什么事？

那一年，我和山东作家西波在太原的街头往饭店赶饭，那几天的《太原晚报》正发我的散文专栏。西波走着走着发现脚下踩到了一张《太原晚报》，他就和我打赌，说如果这张报纸上有我的文章或名字，就由我来请客。把脚下的报纸拿起来看，结果是我输了，上边果真有。人们看报，看完了，随手一丢，落在人行道上任人踩。既在报纸上露脸，你就得有这个肚量，你要想明白，人家就是拿去擦了屁股，你身上也未必就会少斤短两！

有一阵子，我看到报纸就发愁，单位里念报总是我的事。那时我还负责写材料，领导是老干部，很老了，一脸鸡皮。材料写好了，送上去，第二天准保不行，他会对你说，怎么能这么写？这地方，再改改，这地方，再改改。他随手指些地方要你改，其实他识字不多。后来的事是，我一字也不改，也不重抄，隔一天再拿给他看，他看一晚上，第二天会说，"这下改好了，可改好了！"我念报纸，那时候总是念社论，那时候的社论怎么那么多？又臭又长的社论真是又臭又长。念的我烦了，我忽然无师自通。我来个跳着念，一跳就是一大段，一下子隔过一大段，内容上应该像是有些接不上了，但谁也听不出来，报纸很快念完，大家都皆大欢喜，都说今天念得省时间，好！

我父亲病了，病得很重，但他还记着他的《参考消息》，他躺在医院的病床上要我把《参考消息》念给他听。还神情极为严肃地对我说，"上边的事，别对别人说！"那时候的《参考消息》不是一般人所能看到，能看的人看完还都要照数上交，一张也不能少。所以在各种的报纸里，我最讨厌《参考消息》。现在年年订报，偏不定它。那时候，我的一个邻居，姓周，有一天找我来商量一件事，像是发生了什么严重的大事，小声对我说，"能不能把你爸的那个报给我看看？就那个报，那个报。"晚上，我把《参考消息》拿给他，第二天，他把报纸再藏着掖着还给我。像是特务接头，特务接头也大不了如此。

报纸除了看，还能做不少事，买一只烧鸡，用报纸包包。生炉子用报纸引个火。刷房的时候用报纸折个纸帽子。那年下乡，没书看，我躺在火炕上两眼朝上看了一晚上的报纸，那间屋的仰尘是用旧报纸打的，都发了黄，上边都是些过去的新闻，过去的社论和过去的消息。一个人躺在那样的火炕上，两眼望天地看头顶上的旧报，真让人有隔世之感。这样的仰尘真是有文化，上边该有多少字！这些报纸隔几年取下来的时候还会有用场，就是用来糊笸箩，手巧的可以糊个有盖子的，手不巧的可以糊个没盖子的，赶上家里办事画墙围子，还可以请小油匠把糊好的盒子油一油，用来放针线也可真好看。

那时候的报纸可真有用。

有时候我会想，到什么地方去找个手巧的老太太让她用报纸给我糊个文具盘，上边里外都是字，多别致。但想归想，这样的老太太现在找不着了。有人对我说她们的那一手也要有功夫，她们的功夫都是打铺衬打出来的！

　　现在的报纸是越来越多，但看报的人像是越来越少。报纸上讲的事和人们知道的事往往对不到一起！但和几十年前相比，它有一样好，起码，没有被报纸吓神经的。我周围的人，现在包东西也不怎么用报纸，去厕所，就更不会。

转市场

　　说来也怪，那么多的市场我都不爱转，却偏偏爱转温州人开的那个小商品市场。那地方是城市的东边，是，要多乱就有多乱，但也好在它的乱，好像是，那里什么货都有，林林总总从小店里一直堆到街上来，买货的人一个一个都兴滋滋的，若是夏天，都是一头一头的汗，因为一家挨一家都是卖小商品的店，这就让人有了比较，人们买东西都爱比较，中国有句古训，就是"货比三家"，要比，就要走，这家出来，那家进去，再加上谈价，其实也没多少钱也要谈，但买货必谈才是买家的态度，若不谈，不讲价，倒显得你没了诚心。小商品市场的货又都是琐屑的，绳子、钉子，或者是一个水桶，或又是扫帚和塑料布，还有老人拉屎的那种茅凳，腌菜的菜缸，这里都有，要什么有什么。因为开这种店，人也就比较琐屑，首先是嘴，不惮繁难地介绍，拿货给你看。然后是乱，但也只是你看着乱，开店的能从乱得不能再乱像是连脚都没处放的地方把你要的货一下子就翻出来。到了快中午的时候，这样的小店里又要开始做饭了，温州人开店，往往是一家子都上阵，所以，中午这顿饭一般都吃在店里，有一个小角落，或者是在炒菜了，"哗啦，哗啦"，是炒青菜，或者是在那里炖鱼，香味已经传了出来，那香味，是比较刺激人的。说来好笑，我去那地方，一大半的心思是想吃那里的盒饭。有的小店可以自己做饭，米饭，再来两个菜，但有些店更小，无法做，便由他们的老乡把盒饭依次地送来，也都是温州人喜欢吃的东西，做菜的材料自有温州人开的海鲜铺子供给，温州人开的海鲜铺子虽说是叫海鲜，其实什么都会有，春笋下来，他们那里马上就有了春笋，我去他们的那种店，却是要买他们的臭萝卜，不知怎么腌的，整个一个大白萝卜腌到已经不能再软，几乎拿不起来，而且臭，但放些麻油上笼蒸蒸下饭，却是香得不能再香。我总是去买一个，然后回来分两顿吃，很下饭。

我没事爱去温州人开的小商品市场转，有时候就买他们的盒饭吃，要比大饭店的饭菜都地道，鱼是鱼味，菜是菜味，雪菜炒笋丝或雪菜茄子，那种长茄子，不知怎么炒的，颜色真是漂亮。我就那样端个盒饭在那里站着吃，吃过，也就歇了心，或想着下次再来。那次呢，我是要买一个很大的塑料桶，因为我住的那地方经常停水，我要储水，好家伙，居然看到了那么多的塑料桶，齐我腰高的，和我一般高的或很小的都有，我买了带盖子的那种大的，可以把盖子拧紧，有多大？几乎齐我的胸高，买回去没有放水，却放了土豆，把一麻袋的土豆放在这种桶里，再把桶放到北边的阳台上去，居然一冬天没事，既不冻，也没有发芽。还有一次，我是去买篷布，想把我南边的露台遮一下，这样，到了夏天数伏的时候我养的梅花就不会被太阳晒坏。我还发愁买到买不到这种可以搭棚的布，想不到一下子看到了那样多的帆布，你随便挑，尺寸呢，你随便定。只一刻，便做好了。这帆布想不到后来却派了另一种用场，画家杨春华来家里做客，要把辽代的那个四方陀罗尼经幢带回南京去，四五个大男人，就是用这帆布篷兜着把佛座从七层搬到一层去。

　　更多的情况是，我什么都不要买，只是想去小商品市场那里看看，好像是，那里的气氛和生活分外吸引我，乱，到处是人，乱，到处是货。忽然看到那种竹子扎的扫帚，有用没用买了两把，只为好看，想不到放在露台上，几乎是天天往下掉竹叶，是满阳台的竹叶飞舞。但我还是愿意去，去看一看那里的生活。吃一下那里的盒饭，我对我的朋友说那里的盒饭要比"唐人海鲜"还地道。我的朋友不信，去了一试，都说"你怎么把那地方都吃到了？真好！"

　　其实在国外，我喜欢去的地方也是这种小商品市场，那次去匈牙利的市场，只为了那气氛，买了一块又一块的奶酪，已经过去有几年了，那奶酪动都没人动，还放在冰箱里，早已不能吃了，已经变成了一种回忆，对市场的回忆。

庙宇与学校

那一年，朋友黄海陪我去扶风县，去扶风县做什么？自然是去看法门寺，看完了里边的出土文物，最重要的出土文物当然是那一整套皇家鎏金茶具，而那么多的文物之中我却偏偏对武则天的那一腰盘金小红袄感兴趣，心里念念的都是它，想一想当年武则天穿它的样子，就那小袄的尺寸，我想武则天的个子不会很高。从法门寺里一出来，一个僧人迎面而来，作一个揖，开口便对我说韵语："祝施主'印堂发红，拜佛成功。'"我听了便来气，偏不买账，转身就走，他堵过来，我又转身往另一边走，他跟在后边直至我发狠问他：印堂发红和佛有什么关系！中国的庙宇，现在又多了起来，而大多是新庙或是仿旧，所以我不爱去，见了庙就绕了走。

我小时曾在一个庙里住过，刚刚学走路的那年，那庙便是大同的七佛寺，庙里的住持当时是姑子，和一般的家庭妇女没什么两样，挑豆芽，洗菜，劈柴生火做饭，都一样。解放后，中国的庙宇都被派上了新用场，那就是能做学校的都做了学校。而且多是小学校，寺院的大殿太大，无法让学生们在里边上课，便一般都被做了礼堂。太大的庙宇，比如大同的华严寺，那个高台之上的大殿是国内现存最大单体殿，着实是太大，据说国内一共有两座，另一座在辽宁省。这样的大殿是无法利用，便保存下来。并不是法外开恩的特许它存在，而是要拆它需要更多的人力，当年花这种银子是浪费。所以，被留了下来，时至今天，却是一个大得了不得的国宝。而它周围的僧舍却照例被做了学校。下华严寺北边一带的小学校的课堂当年都是僧舍。华严寺在香火最盛的时候据说同时能住下四五千和尚。有一年，我从学校的教室窗子跳到华严寺里想去看看，却被厉声喝住，那时的庙宇是文管所的所在，院子里，立着一些不知从什么地方移来的佛像，大多没了首级，中国的佛造像，"文革"之后大多被斩了首级，令人着实伤感。这些没头没脑或者连脚都没有佛像立在那里，让人一时百感丛生。

那年我在乡下挂职体验生活，照例是打牌喝酒，不过打牌喝酒也是生活，但多少有些无聊。那次去北宋庄，却发现了那个小庙的壁画，这其实是个"百事通"性质的小庙，信道的可以去，信佛的可以去，求子的可以去，祈雨的照样也可以去，一个小小的村庄，有这样一个"百事通"小庙着实是方便。而现在却没用，中国各地的庙现在都无一例外碰到了一个人们什么都不相信的时代，既不信神，亦不信鬼，马克思为何物，许多人都已不大知道，什么都不信，所以什么都不怕，地沟里边的油弄出来给别人吃就不信地沟其实是离地狱最近的地方。我去的那个小庙，壁画画得着实好，让我这个从小画画的人看了吃惊，想不到却做了乡下人的仓库和马圈。经打听，也曾做过一阵子学校，只是太小，便在里边圈了牲口。

中国的庙宇，从南到北，上个世纪过到一半儿，几乎都做了学校，亦算是一种好的想法。我小时候，上子弟小学，一时没有校舍，让我们两个班的学生同时在一个大礼堂的舞台上上课，这一个班上算术的时候我们在上语文，我们这个班上算术的时候他们在上语文，居然没弄混。有一次课间无聊，学生们把舞台后边的仓库弄开，演戏用的刀枪剑戟一时派上了用场。好在我们那个礼堂不是佛殿。听我的朋友说，他们的课间无聊却是去学念经，或对着看门老头念那个时代的童谣或者可以说是顺口溜：和尚和尚给头蒜，和尚吃斋不要蒜，和尚和尚给根葱，和尚吃斋不要葱，和尚和尚给个×，阿弥陀佛好东西！那时候在学校看大门的老人，大多是出家而又不得不还俗的和尚。

且说胜利

　　刚把这个题目写下来，马上就连这个题目也不喜欢了。我的朋友中，叫"胜利"的加起来恐怕有十多位，其中还有一位女性，记得大家都喜欢和这位女性的"胜利"开玩笑，问她究竟"胜"在哪里"利"又在何方？后来她终觉"胜利"这两个字不大好，把名字稍改动了一下，叫作"馨莉"，算她会改，一下子温馨许多。而把"胜利"这两个字改得最好的我以为是我的朋友关圣力，有一次喝酒，在牡丹园，那时候云雷还住那地方，大家川流不息地喝了许多，我忽然想起问关圣力名字是改的吗？圣力马上点头称是，然后我们碰杯。这算是改名字改得最好的一例。解放后，北京像是大规模地改了一次胡同的名字，把不好听的胡同名字都粗略改了一下。如"哑巴胡同"，就改成了"雅宝胡同"，且也算是解放后的一个小小杰作。但还把话再说到名字上来，在全中国，叫"胜利"的人实在是太多了，改名的相信也不在少数，即使是现在，你要是站在王府井口上大喊几声"胜利"，相信一时会有许多人跑过来。人生下来就要取名字，而生而取名叫"胜利"的，在民国时期还真不多，在古代就几乎更没有，相信古时的里长都不会同意？也许还会盘问你，问你为什么叫胜利？你胜利？那失败的是谁？就你胜利？胜利这个名字有时候会无端端地让人觉得有些雄赳赳的味道在里边，还多少有那么点儿得意，而我，就最不喜欢一个人动辄挺着肚子雄赳赳的样子。常看阅兵式或入场式或官员到什么地方走看的什么式，其雄赳赳的样子先就让我自己跟自己生气，在心里，真希望有谁在这时候忽然滑一个大跟头。因为，怎么说呢，有时候雄赳赳的样子并不是一件好事，得意就更不好。如果在正经场面，你雄赳赳的，而且肚子还比较大，那我觉着最好还是收着点，如电视上常见的那个金氏，胖圆短粗，只要他挺着肚子一出现，我非得赶紧把电视频道调过来，我不能因为他雄赳赳的样子让自己不快乐。

我写小说，给人物取名字，说来也怪，写了那么多的小说，从来没有一个人物叫"胜利"的，我不能说这两个字不好，而只能说我是个平和的人，希望大家都好好儿的，不要分出"胜利"和"失败"，而最不好的是，多少年来，胜利好像永远是我们的，而我们又总是在那里胜利着，一年一年胜利着，这就更让人在心里觉得不对劲。解放战争和抗日战争时期，可以理解的是敌人打了败仗叫作"狼狈逃窜"，而我们打了败仗却一定只能叫作"战略转移"。可以理解在那样的年代"胜利"这个词应该是专属的，这两个字只有专属我们自己才方便调动士气。而我们现在开会，又不是打仗，几乎是无论什么会，动辄会在最后那一天都隆重用到"胜利"二字。那年我在乡下，开卫生表彰大会，最后一天，照例是"胜利闭幕"。真让人不知道是跟谁在胜利？我们的会，大会小会，好像没有"胜利"这两个字，这个幕就不会闭了。我真希望在中国，无论什么会在闭幕的时候都别再"胜利"。问题是，你跟谁在胜利？

再说到"胜利"这个名字，现在准备叫和叫这个名字的新生儿是越来越少了。在中国，这简直也算是一种进步！

宝贝字典

　　我的同学有抄过字典的，因为当时能得到一本字典很难，你即使很有办法有时候也很难得到一本字典。后来读阿城的小说《孩子王》，我是一下子就读进去了，而且感到亲切，就好像抄字典的那个叫王福的学生就已经是我了。阿城的小说写得真是让人不能不服气，虽然他现在已不再写小说，有一句俗话是："金盆打了，分量还在！"阿城之后的写作者多矣，但能超过阿城的，至今还没有出现，听说阿城现在住在北京平谷，平谷出好桃，大到几乎半斤一个！这样的桃子两个人没法子吃完！要非把它吃完，会把人吃撑。因为阿城住在那个地方，有一阵子我动了念头，想把家也搬到山清水秀的平谷，住在平谷的还有画家于水，于水不但画好，文章也写得好，会调侃。

　　我现在也弄不明白，字典就是字典，又不是什么神秘兮兮的内部书，有一阵子，在我们那个小城，想买到一本字典就是很难，屁大点事，得到书店里去找人，找人也未必买得上。所以，有人抄字典。不但抄，有人还背，拿一本字典在那里背。你问他某某字某某字在第几页第几行，他居然能说出来。我的这位朋友是个诗人，姓贺，当时我真是对他佩服得了不得。我们那时候几乎是天天早上都要在公园碰面，夜里刚刚下过小雨，早上的太阳出来了，到处亮晶晶的，到处湿漉漉的，有鸟叫，叫声细细的，是候鸟，一跳，又一跳，终于让人看到它了，你盯着它看，它也盯着你看，但它一般不愿意让你多看，一下子，树枝一颤，它已经飞走了。这样的早晨无端端地让人想起俄罗斯文学，让人想到温情脉脉的屠格涅夫，想到契诃夫的《樱桃园》，那时候我们都很喜欢俄罗斯文学，也很自恋，因为读书而觉得自己与众不同，那是个因为结婚都会让人觉得有几分骄傲的年代。现在想想，当然很好笑。那简直是自恋，怎么说都有那么一点，还有那么点害羞。早上在公园读书，晚上在公园里游泳，我爱贴着岸边慢慢游，一直游到树的下边，那棵树很大，把树枝垂到水面上来。

我至今都不会查四角号码字典，我的兄长送我一本四角号码字典，一直都在那里放着。我没学过古汉语的那种反切，我学的是拼音，我查字典，一般都是用拼音。但我的发音又不大好，查字典的好处就是可以把你的发音改一下。所以，没事的时候我会翻翻字典，比如着急去厕所，而手头又找不到合适的书，我就会随手把字典带到卫生间去乱翻，后来养成了习惯，我现在的卫生间里就有一本字典，我的许多字就是在卫生间里记下的。有时候会被某个字吓一跳，这某个字已经念了相当长时间了，想不到居然是念错了，当时就会羞得脸红起来，好像有许多双眼睛在看着你，而且还会在心里骂，骂怎么就没人提醒或纠正我。当年任教于夜大学，有一次喝了酒，喝得太多了，去了，打开教案，面对着白纸黑字，但就是不知道要讲什么，那真是一次每每想起都让人脸红的事，我对下边的同学们说，"咱们写作文吧。"下边的同学也看出我是有那么一点了，我在黑板上写出了作文的题目《论廉政》，却把中间那个字写成

"兼"了。当即有同学举手指正了我，但因为酒的缘故，我站在那里，一时就想不起那个"廉"字了。那真是太丢人了，这件事可能像阴影一样会随我一辈子。

我像许多人一样，虽写文章多年，对汉字常常是以为是这样念，但有时候恰恰不是这样念。所以我后来竟然爱上了字典。世上读字典的人肯定不会多，像王福那样把一整本字典都要抄完的人也不会多，但我以为得空读读字典是件好事。我翻字典，特别喜欢看那些属"会意"的字，古人造字也真是不能不让人琢磨，两个"男"字中间夹一个"女"字居然就是我们那地方经常念的niao字，是好的意思，也可以解释为妙。这个字很古老，古典文献中能够常常见到。古代汉语在我生活的那个小城常常被人们挂在嘴上，但发音却有大的变化，比如"受用"，现在的发音是"受音"，"好活"是"豪华"。"欢乐"是"花楼"，一时让人弄不清现在的发音是古音呢还是古音已经产生了变化。

有一阵子，我劝我的女儿多看看字典。我女儿觉得这种建议很奇怪，"谁没事看字典?"这话我说多了，女儿笑着还我一句："您神经病。"神经病有时候是一种时代病，但我还是怀念那样的早晨，下过雨，鸟叫着，公园的树下，有人在读书英语，有人在背字典，翻一下，背一下，第几页，第几行，对不对，不对再背。是勤苦好学，也是自得其乐。那个时期，我们没有太多的读物，字典也算是读物之一，而且字典确确实实是最好的读物。

富贵衣

旧戏里的穷叫花子，比如那个负心的"莫稽"，落魄的时候，两手捂着胸口，抖抖索索地上场，连声喊叫"苦哇——"不是金玉奴的那一碗灰乎乎的豆汁，几乎就会没了命。他身上穿的那件打了不少补丁的"行头"在戏班里就叫"富贵衣"，那衣服其实并不破，而且实在是很好看，左一块右一块的各色补丁打在上边，黄色、粉色、蓝色、月白色，或是三角形，或是棱形，或是圆形，或是一个葫芦形，实在是让不怎么穷的人也很想穿它一穿。艺术就是艺术，哪怕是补丁也要打得好看。在生活中，平民百姓给衣服打补丁也讲究，一是要配色，二是也要想想该怎么打才好看，说到打补丁，最讲究的应该是西北的那些老皮匠，给皮袄打补丁，往往是个云字头，再来一个，又是一个云字头，好看得很，即使是不好看也受看。各种的裁缝里边，我以为最数皮匠辛苦而又最数他们手巧，皮子的味道本是骚哄哄的。人们过去常说的"骚鞑子"，可能与他们常年的穿皮衣分不开。过去家里专门有一个杭州"阿宝皮行"的红漆皮箱放皮衣，那皮箱的味道就不怎么好闻，一打开，满屋子的怪味。但这个皮箱里长年放的是几件小狐皮坎肩，狐皮手筒子。父亲的皮袄根本不往这个箱子里放，父亲的那件老羊皮袄很重，身体羸弱的人穿它是受罪，压得慌。过去说的"宝马轻裘"是贵族们的事，轻而暖的皮子有狐皮和猞猁皮，还有小羔皮和别的什么皮，小羔皮只好给坐在家里没事干的老太太们穿。而最重的皮袄要数牦牛皮皮袄，毛穗子真长，半大的皮衣，我用手拎它都觉得有些吃力。这样的皮袄，我想穿着它在数九天的雪地里待一晚上大致不会给冻死。一件皮衣，从正面看是一顺的毛，从背后看却往往是无数块皮子拼接的，这是过去的皮匠手艺。现在的好皮匠不多了，用手拎起现在的皮活儿一抖搂，很难看不出拼接，说到皮衣，再好的皮子也难免要打一两个补丁，因为熟皮子的时候要先把上边

170

的油给一点一点刮下来，刮不好就会把皮子刮一两个小窟窿。

　　现在穿补丁衣服的人不多了，我的朋友诗人雁阵，有一次把补丁裤子穿出来见我，我一看就从心里高兴并且喜欢，他把牛仔裤屁股后边的两个口袋拆下来补在膝盖那地方，不但不难看好像还挺新潮。现在敢于穿补丁衣服的人不多见，在街上走老半天也许都看不到一个。而衣服的好处正在于越穿到后来越好穿，尤其是纯棉的那种，我的衬衣往往是袖口和领口先坏，总不能这地方一坏就把整件衬衣扔掉，也只好打了补丁再穿，和朋友见面，在家里没事坐着看书写字，穿打过补丁的衣服很舒服，也没人会对此提什么意见。我现在很怀念那种活领儿的衬衣，一件衬衣有两三个可以替换的领子，这种衣服可以穿很久。内子给我买衣服，如果是衬衣，总是同样的一次买两三件，先把一件穿坏，下一件穿坏要补的时候就有了可以找补的衣料，补的时候她会这么比比，那么比比，会把补丁和要补的地方拼接得天衣无缝。每到这种时候我就总觉得自己又生活在温馨的旧日子里，因为现在的家庭生活场景中很难再看到女主人在

171

那里给衣服打补丁或补袜子，其实这场景真是很温馨很好看，有火炉，有猫，有从窗外射进来的太阳，火炉这边坐着男主人公，在读他的书，火炉那边坐着女主人，在织补衣物。猫在一边打着呼噜。巴尔扎克写过这种场景，《简·爱》里边像是也有这种场景。过去的贵妇人，都要会做针黹，不是只会去跳华尔兹。而现在好像很少有人给衣服打补丁。文学作品中也很少有作家再写到这种场面。《红楼梦》中的晴雯给宝玉扶病补孔雀裘其实也是在打补丁。好的小说往往好在家常好看，现在的好小说真是很少，家常好看的小说更少。

我现在于散步的时候喜欢看路来路往的人，但就是很少能看到穿补丁衣服的人。我常想，那些旧衣服都去了什么地方？总不能稍有破旧就扔掉？现在为什么没人穿打过补丁的衣服？但说实在的，我也没勇气穿一件打了补丁的衣服在街上转来转去。要是搞行为艺术还可以，找件老大的黑布衣服穿在身上，上边多打几个各种颜色的补丁，在街上走来走去，后边再跟几个记者，见人把话筒伸过去问，您知道不知道？他穿的衣服叫什么衣？或者，您谈一谈，您幸福吗？

妆　点

六七岁时，鄙人不但会念几首儿歌，还会念几首大人们才懂的民间打油体诗，是里坊间的那种，多为长短句，出语多俚俗暧昧，说它暧昧好像亦不是，暧昧的事好像总是不大能公开与人见面，而俚俗的打油体里所说的事却是明摆在那里的。比如这首打油体的诗是："搓粉呀，戴花呀，腿间夹个海蚌呀。"而这首打油体唯有用了鄙乡的土语念了才合韵好听。"蚌"在鄙乡的发音是儿化了的，这在别的地方没有。我把这首打油体写在这里，凡是鄙人的乡党看了便会有会意的笑，而如果让我念，我一样地还念得来，却解释不那么清。还比如这一首："拔火罐，黄瓜片，臭泔水把娃洗个遍。"这首民间体的打油诗我现在依然不懂，但也知道它是暧昧的，现在如果听到有人念也不见得有什么反感，而且觉得有乡情在里边让人怀旧，而忽然说起海蚌是因为小时候见人们经常用一种油来搓脸搓手，那油便是放在海蚌壳里，用时打开，不用时合上，油只在里边，以海蚌壳盛搓手的油，真是不浪费东西，海蚌壳这种东西沿海很多，不用白扔了也可惜，而真正让人想起海蚌壳油来的缘由是画友耀炜今天忽然发图片过来让朋友们看韩国的男用蛤蜊油，是三个玻璃瓶，并排放在一个精致的盒子里。喜欢化妆品的韩国男人总是让我不那么喜欢，那次在韩国的澡堂里洗澡，看一个韩国男人在那里仰着头让人修眉便觉气短。为什么会说那是蛤蜊油？是用蛤蜊做的油吗，这首先要问一声蛤蜊会不会出油？肯定是不会，如果说那油是放在蛤蜊壳里，说它是蛤蜊油也差不多，便觉着奇怪，反想起小时候人们用的那种蛤蜊壳搓手油来。

只说小时，人虽然小，心却不小，下雨天坐在那里看着窗外灰蒙蒙的天也知道忧伤，一种说不上来的忧伤，而唯有这样的日子里，家里是一定会吃那种用莜面做的"窝窝"，一个小筒一个小筒地挨着放在蒸笼里蒸熟，浇上羊肉汤颇不难吃，为什么天阴下雨总会吃一次

174

这样的饭我现在亦是说不来。能说上来的是做饭的王妈让我生厌的是每到这样的日子便照例会在额头上拔火罐，一个，两个，三个，还不够，再拔一个，是并排的四个，额头上黑紫黑紫四个圆圆的火罐印让人看了心惊胆战，而现在我们在街头上走，是很少能看到这样的景致，一个女人当面过来，额上一排四个黑紫色的圆印，这委实是不怎么好看，而那时的张妈、王妈、李妈或是别的什么妈简直是以拔火罐作为自己的妆点。过去的土产商店里有卖这种专门用来拔火罐的用具，鸡蛋大小，样子很像是高且深的酒盅，稍稍鼓那么一点点肚，稍稍收那么一点点口，外面照例是上了釉，而且是鄙乡最著名的黑釉，那釉真是黑，真是亮。鄙乡古时烧这种釉最著名的是一个叫"青瓷窑"的地方。那里曾出辽代鸡腿坛，真是黑，是不能再黑，而且亮。而土产商店卖得那种拔火罐的罐儿亦是用这种釉。而现在这种罐儿已经让人见不到了。还有一件让人不能喜欢的事就是做饭的王妈，或还有别的什么妈，如果是夏天，碰巧她在切一条黄瓜，便会一边切一边把一片一片的黄瓜片贴在额头上，一片、两片、三片，还像是不够，再来一片，四

175

片。黄瓜片居然能够一下就贴在额头上，额头上贴着黄瓜片，但不妨碍她继续做事，直到吃饭的时候，她嘴巴动，那黄瓜片忽然掉下来一片，忽然又掉下来一片，她照例会把它捡起来放在嘴里吃掉。我在旁边看着她，心里便百般的不愉快。有时候她额头上贴着那样的黄瓜片就去街上买菜，而且还要带着我，这真是一件令人反感的事情。而令人反感的事往往会成为一种风气，只记小时候，跑进跑出看到几个女人坐在一起说话，忽然找一根黄瓜来切切，每人拿几片就在额头上胡乱贴起来，然后继续说她们的话，夏天的日子真是悠长，以黄瓜片妆点自己，现在想想，亦像是有些怀旧的意思在里边。这篇文字写到这里，忽然不知该归到何处了，絮絮叨叨说半天，从额头的火罐印到黄瓜片，总结一下，说它一定会起什么样的治疗作用还不如说它只是一种妆点，古时人们喜欢说的两个字是颠倒过来的："点妆"，而现在我把它颠倒过来，说它是"妆点"，而且是民间的妆点，这正好用来做一回题目。

赌　酒

　　鄙乡把小孩子的玩具统统都叫作"耍货"，小孩子们的耍货也就那几种，从陀螺开始，到可以推得"哗啦哗啦"响的那种铁圈，当然还有万花筒和用染过的羽毛做的那种毽子。而我最喜爱的还是泥做再描上五彩的不倒翁，我母亲大人只叫它"扳不倒"。记得幼时前后一共买过那么几个，到后来照例都摔破了，再纠缠着母亲去买，买来玩几天再摔破，而且是有意的，总是想看看这个不倒翁的里边有什么，怎么居然会一次次地打倒一次次地马上又起来。白石老人笔下鼻子那地方有一块白的不倒翁我没见过，从小玩过的几个都是寿星模样，白胡子，长眉毛，团团地坐着笑呵呵地看着你，让你一次次地把它按倒，他再一次次笑呵呵地起来。及至后来长

177

大，到了见酒非喝的年龄，忽然见到了酒桌上的一种叫作"叫你喝"的赌酒的酒具，其实这"叫你喝"也就是个用泥做好再彩绘过的不倒翁，放在桌上让人们轮上转他，待他停下，他笑嘻嘻地朝着谁，谁就必然地要喝一杯，喝过这一杯酒，他就有了转这个"叫你喝"的权利。在没有多少酒可以喝的年代，喝酒的人都在心里暗暗希望它转向自己，在物质丰裕不愁酒喝的年代则相反，希望他转向别人。起码是早些年，有的饭店里还专门备几个"叫你喝"，对小二说一声他就会拿过来，不过饭店里的这种不倒翁照例都是油乎乎的，也不知他千转万转转过了多少回，到底招呼人们喝了多少酒。在乡间的酒席上，没有"叫你喝"，但人们照样可以赌酒，那就是转勺子，喝汤的小勺，放在盘子里转，等它停下来，勺子把儿朝着谁谁就喝那么一杯。或者等到鱼上桌的时候转那鱼盘，是鱼头鱼尾各喝一杯。轮着转下来，等到每人都喝了那么几杯后，鱼也早就凉了，这盘鱼亦可以算是赌酒的赌具之一。但现在的饭店里早已没了可以让人们转来转去的"叫你喝"，集市上也见不到笑呵呵的"不倒翁"。不知民间还有没有人在做这种"不倒翁"，其实这是一种很好玩的耍货，花不了几个钱买那么一个。做"不倒翁"用的那种胶泥，普天下到处都有，小时候跟着别人去河里挖这种胶泥，挖好一大团，把它放在一块石板上揉面那样揉来揉去，再把它做成一个又一个泥碗，然后在地上猛地一掷，会发出很响亮的响声，只为这一响。

白石老人画不倒翁，诗是这样写的："乌纱白扇俨然官，原来不过泥半团，将尔忽然来打破，通身何处有心肝?"白石老人八十之后曾写告示申明自己不吃请亦不去饭店，可见当时请他吃饭的人很多，请他去吃饭也是想要他的画，自然是揩老人的油，但他发出告示表示谁请他也不会去，但有人写回忆老人的文章，饭店有时候他还是会去的，只要他高兴，他还会主动请客，一旦他请客，照例是去湖南饭店，据说当年的湖南饭店的筷子比别的饭店要长一些，这里就要说到湖南饭店的一道叫作"水汆肉片"的看家菜，其实也普通，用水淀汾抓过再用水汆，嫩而已。但湖南菜馆的筷子为什么特别的要长一些却是谁也说不清。

中国人喜好赌博酒，这和西方不一样，西方人的喝酒是吃完饭去酒吧里喝，很少在吃饭的时候就一杯一杯地赌起来。也更不会有"叫你喝"这种转来转去的赌酒具。晚上等着看世界杯，怕自己睡着，翻闲书打发时间，所翻的一本就是讲中国酒文化的书，想不到就写下这样的文字。今年七月再去北京，有一个想法就是到处去找找这种小时玩过的"不倒翁"，这也据说只能去庙会上去找，而不知道七月在北京还会不会有什么庙会？如果有，不妨就再顺便买一个泥做的兔儿爷，八月十五毕竟也不远了。如果有"不倒翁"卖，想必也会有三瓣嘴的"兔儿爷"。

但三瓣嘴的兔儿爷是不能拿来赌酒的，而人们也确实不能整天地喝酒，这是另一说。

八十年代的书店

　　记不清到底是哪位文友了，他的斋堂号就叫"二店斋"，这个斋堂号如不经他本人解释谁也不会弄清楚是什么意思。在我们那个小城，过去的百货商店是一、二、三、四地排着叫，百货一店，百货二店，百货三店，百货四店。简称之一店、二店、三店、四店，如果一直开下去可能还会有七店八店九店十店……开有一百个百货商店的城市好像在中国还没有，上海那么大，百货商店也就那么几个，如真开到一百个百货商店，叫起来多少有些绕口，"一百百货商店"，真是连一点点雅意都没有。那位给自己书房起名为"二店斋"的朋友，曾经解释过他的书房为什么要叫"二店斋"，是因为他经常去的地方一是饭店二是书店。去饭店是为了把肚子填饱，去书店是为了去把脑袋武装那么一下子。八十年代的书店都有那么个柜台，把顾客和书架隔开，所以去了书店你只能买，而不能抱着一本书在那里看。清贫的学子那时候要想在书店看看书简直是梦想，也只能隔着柜台过过眼瘾，眼睛近视的，连这个瘾都过不了！有拿着望远镜站在柜台外朝里边看书的，这绝不是笑话！在八十年代，你如果对随便不论哪家书店的店员说一下法国的"巴黎莎士比亚书店"，人家不但可以让人在里边看书，而且还会给前来看书买书的顾客准备过夜的床铺，听你说这话的书店店员肯定会吃惊不小，以为你的脑子出了问题！在书店里过夜，怎么回事？巴黎莎士比亚书店曾做过统计，几十年来，少说有四万多人在他们的书店里借宿过，虽然他们的床不大，但实在是够温馨，实在是够浪漫，实在是够体贴。在中国，以前没有，现在也不会有这种事，以后有没有不敢说。且不说在书店里借宿，只说可以在书店站在那里或蹲在那里拿着一本书一看就是半天也是近一二十年的事。现在的北京王府井书店，常见年轻的学子站在那里看书，或者坐在地板上，手里拿着一瓶矿泉水，分明已经在那里看了老半天，他们买不起那么多的书，但他们看得起！八十年代，你去书店买书要对店员陪上一百倍的小心，要他们帮你把书拿上来再拿上来，拿下去再拿下去，买书就得挑，但往往是你让她或他把书给你多递几回，他或她的脸色分明已经由晴转阴。现在的书店一般都撤销了柜台，这简直是一次亲爱的革命。八十年代去书店买书还必须要耳目灵通，什么书来了，什么书必须要走后门才能买到，要打听，要找门路，是神神秘秘，或者，简直就是鬼鬼祟祟！在我们那个小城，新华书店里边还有个内部书店，专供有身份的人去那里买特别的书，但不知道那些人都是些具备了什么样的条件的人，总之一般人是进不到那间屋子里去。像《多雪的冬天》《领导者》《国际礼仪手册》这些现在看来稀松平常的书就是当年在内部书店一本一本流出来的。那时候，好像什么都有个"内部"，书要是一旦归了"内部读物"便好像永远与老百姓无关，报纸也这样，《参考消息》这张小报更加内部的紧，看完了定期要收回，要时刻提防被老百姓看到，老百姓是谁？老百姓就是"工农兵"，当时，根本就没人敢问一句为什么这种特权就不能下放到工农兵那里？既然，"工农兵"是这个国家的主人，在这个世界上，怎么还有瞒着主人的事？这说不清，也不必说，莎士比亚说过"愚弄的鞭子永远是在牧人手里，羊儿哪有拿鞭子天分！"工农兵根本就不能看那张《参考消息》。因为你是工农兵！

八十年代的书店可真是书店，而且它们都有着同一个比大炮还要响亮的名字"新华书店"，那之后，一切都变了，八十年代过去了，是永远过去，不会再踱着步子老模老样地走回来，这真是一件可喜的事！八十年代的书店还是有让人们向往的地方，那时候电视刚刚出现不久，还没有普及到家家户户，读书在那时候亦是一种不可或缺的娱乐和消遣。八十年代，我特别喜欢插图本，去了书店就找插图本，而现在我是最讨厌插图本。现在买书，书店就在网上，敲敲键盘，一瞬间会领略多少书籍的万紫千红！但逛书店的习惯究竟难改，前不久去加拿大的滑铁卢和多伦多，是，一头就扎进路边的书店，虽然我不懂外文，是，不懂也要买几本。不如此，岂不是白来。访问一个城市，是一定要去这两个地方，书店和饭店！

说幽默

　　能让许多人忽然轻松起来，能让寒冷的屋子里一下子像是点起了暖烘烘的壁炉，可能只有"幽默"二字才办得到。什么是幽默？当然绝不会是一个小酒馆里的粗俗笑话。一个人能很快学会讲一个笑话，但他就是很难很快学会幽默。

　　穿着草黄色美式军装的海明威去看望当时已经谢了顶的大画家毕加索，适逢毕加索穿了他著名的海魂衫出了门。海明威返身正要离开的时候，面孔黑黑的毕加索的年轻佣人站在门口的那株叶子大如蒲扇的树下问海明威是不是有什么礼物要送给毕加索？海明威想了想，便从吉普车上搬下了一个木条箱子，并从裤子上放笔的口袋里取出了他那支对世界来说十分珍贵的笔，在箱子上写下了"海明威送给毕加索"的字样。当时由于战争，连洗衣服的肥皂都是无上的奢侈品，传记文学让许多人很轻易便知道了毕加索在战火纷飞的当时拥有许多肥皂而连他的情人都不愿轻易分给一条半条。想必，海明威的那箱礼物一定引起毕加索先生和他的佣人的许多美丽的遐想，更可以想象毕加索先生打开那木箱刹那间的表情，毕加索先生怎么能不马上尖锐地放声大笑起来？那是一箱手榴弹！我们现在分明还依然觉得出那幽默的味道？只是不知道那手榴弹后来是否列入了毕加索先生的珍藏册，更不知道海明威写在手榴弹箱子上的字迹是否已被岁月漂洗得淡至看不清。但幽默的味道分明至今依然清新。

苏联的谁？忽然想起了要请毕加索先生给他们的领袖斯大林先生画幅肖像，当然是先送去了一些相片让毕加索先生看，斯大林先生的油画像很快画好了并送到了苏联，但竟然没有挂出来。毕加索先生想必打过许多次国际长途询问肖像挂出后的效果，但苏联方面确确实实把毕加索画的斯大林画像给"封锁"了起来。问题是毕加索先生在画画的时候忽然觉得斯大林先生太显严肃，艺术家深入骨髓的幽默感让毕加索先生决定给斯大林的额头上画一绺浪漫的耷拉下来的头发。毕加索先生笔下的斯大林画像的额头上竟然有一绺耷拉下来的头发！一种幽默的力量！如让今天的人们看到了当年的那幅斯大林肖像，我想没有人不从心里一下子轻松起来，伟大的斯大林同志您好，您的额头上怎么竟会异乎寻常地耷拉着艺术院校学生们的那么一绺？真不知毕加索先生当时手执画笔的心情？外边是否下着灰蒙蒙的小雨？画室里也许太沉闷？那插在古瓷花瓶里的玫瑰也许有几分凋落，暗紫的零碎花瓣在那个下午洒了一地，那一笔一笔不能苟且一点点的斯大林同志的肖像对毕加索先生难道不是一种压迫？在天气好的日子里，光着膀子的毕加索忽然搬了梯子在邻居墙上画起鸽子来的那份儿浪漫怎么能容忍斯大林肖像带给他的沉重，于是，可爱的毕加索便在斯大林那"军事宝库"般的额头上轻轻一挥。真不知斯大林先生是否喜欢这幅画，想必他把那著名的大号海泡石烟斗一下子从嘴里拿开大笑起来，当然，如果他有机会面对他自己的这幅肖像画的话，政治有时候硬是与幽默来不得半点宽容。毕竟，毕加索没有给斯大林先生的肖像上加一袭紫丝绒长裙和一束红玫瑰。幽默是生命花瓶里的那一枝注定千百年都不会失色的花，香气亦会弥散不绝，人的生命有时候真的是有几分像花瓶，一旦插上了幽默之花，连花瓶本身也可爱起来，可惜，许多人竟硬是不懂。

第五辑　敢遣春温上笔端

《纸上的房间》自序

　　此时夜已很深，编着这个随笔集子，窗外有什么在"哗哗哗哗、哗哗哗哗"地响，想想，应该是外边的秋风把地上的落叶吹起吹落，这样的晚上，让人有莫明的伤感，或者是惆怅？文章是一篇一篇写出来的，日子是一天一天流水一样流过去、流过去，无情地流过去，再也不肯为谁流回来！有时候，我会突发奇想，想我们的日子如果能重来一回该有多好，一切都倒着来过，那么，多少的亲情，多少的友情，多少的爱情，多少的理想，多少的欲望都将会被像珍宝一样得到珍视和呵护，我们逝去的父母又会笑呵呵地重新出现在我们的面前，诉说着久别的思念。

　　这本集子，大可以名之为《烩菜集》，因为它内容的驳杂，正像是我们爱吃的大烩菜，里边什么都会有那么一点，烧肉、青菜、木耳、黄花……你如果喜欢还可以加一些粉条儿在里边。但我的这本随笔集却叫了《纸上的房间》，纸上难道可以大兴土木吗？这便有了一些理想的色彩，人是为了理想而活着的，人如果没有理想，那么，他的生活应该是黑暗的，或者，是灰色或暗淡的，理想是什么？理想是看不见的光明，正因为看不见，所以它才显得格外迷人。

是为序。

敢遣春温上笔端

有小报记者登门采访，采访将毕，忽然提出说要看看我的书房里挂什么条幅，字写得好不好，这毕竟是记者的雅致，居然还想得起书法条幅。我的写作间其实也就是我休息的房间，临窗是电脑一台，右手墙壁便挂着条幅，"铁肩担道义，妙手著文章。"这条幅在我的墙壁上挂了多年，因为挂得久，竟好像忘了它，一经小报记者提醒，便觉此条幅挂在那里不妥，一是"铁肩"，我的肩哪有那么硬，二是"妙手"，写文章倒是写了有二十多年，文章还是拙！怎敢称一妙字。古人有座右铭，看了让人记着努力的方向而不致走错。而这幅联分明不是"铭"之类，倒有几分"表扬与自我表扬"的意味。起首各两个字，"铁肩"与"妙手"，把自己夸得实在是可以。

文字这种东西，实实在在是让人心生畏惧的，这让人明白古代为何会有无字碑，总是左写也不是，右写也不是，最好的办法是干脆什么也不写，也许，不写是最好的办法。也就是古人所说的："一说便俗。"但古人之不写，还不可能只是怕落一个"俗"字，更怕的恐怕是掉脑袋。鲁迅先生的诗后生晚辈不好说长论短，但有好的意思在里边还是可以说一说的，最于鲁迅先生一生行止不符的是那两句："破帽遮颜过闹市，漏船载酒泛中流。"这不是鲁迅先生的状态。鲁迅先生的状态如何，也正好用先生的一句诗说说，那就是："曾惊秋肃临天下，敢遣春温上笔端。"这两句诗的境界且不论长短大小，战斗的精神却在里边，而且还有温情，并且是文人笔法，"敢"字也用得实在是好，这样硬朗的字眼也居然会大有诗意，鲁迅先生也真是会用敢字，他的另一首诗，毛泽东龙飞凤舞地写了送日本朋友，其中便有"敢有歌吟动地哀"这么一句。说到为人为文，鲁迅先生也真是敢，连和许广平结合，也表现出一个敢字。

我的书房近来便挂着先生这两句诗的条幅，打电脑的时候，累了，看看这宋式装裱的条幅，心里便竟也有了温度。春天毕竟是春回大地的时节，一点一点的温度回升上来，那温度偏偏又是形象思维，要靠花花草草来一一表现。文章也是要给读者一点点温度的，最起码让人看了你的文章从心里感到温暖。真正是，道义也不一定非担在肩上，而好的文章却一定是要有春天般的温情。

读画说大小

今年夏天冒着很大的雨看了一回画展。

那天从三联书店一出来雨就骤然而至，正好走到美术馆的前边，便湿漉漉钻到美术馆的展厅里。因为是刚刚从画家胡石的家里出来，还见到了正在画鸭子的清瘦的周亚鸣，所以说这天真是与画有缘。外边下着大雨，展厅里人又少，正好细细看画，所以这一次看画看得居然十分认真。

人的兴趣总是时时在变，近几年，我忽然开始喜欢起人物画来。尤其是面对古典人物画，总想知道古时候的人穿些什么？吃些什么？用些什么？在那里做些什么？尤其是读了作家沈从文的那本《中国古代服饰研究》，才知道沈从文先生治学态度之严谨，有什么才说什么，就文物而说事情，有根有据，从不臆造。又比如王世襄老先生研究明清家具，也离不开古代的绘画。什么椅子？什么桌子？紫檀花梨，鸡翅铁力，"霸王枨"和"矮老"怎么用场都是根据画上画的再结合实物搞得清清楚楚。早先看画真还不知道画会有这样大的好处。

中国古典的人物画存在一个问题，就是画面上的主要人物与次要人物往往大小悬殊。比如阎立本的《步辇图》，图中唐太宗的头部几乎要比抬辇的宫女的头大一倍还多。比如孙位的《高逸图》，卷中贴近主人正给主人殷勤献酒的奴仆的头部要比主人小几乎三分之一，其他主要人物与次要人物也均如此，大小根本不合透视比例。中国画的写意性与人物之间大小不合比例往往让外国学者目瞪口呆不得要领。传统笔墨竟然会如此：为了突出主要人物，其他人物一概都可以大大地缩小。就像上次外出，车在高速公路上行到一半，公路忽然被封闭起来，所有的车子只好都原地不动被堵在那里。原以为是公路上在出了什么问题，比如有了重大车祸，想不到却是有重要的人物路过，所以要封闭高速。当时心里还有些不平之气，现在想想也就想通了。为了突出主要人物，其他人完全可以一律缩小，在大人物面前，一切其他人物都应该像古典人物画上的次要人物一样缩小到最小一如芥子，或者完全不必存在。

因为躲雨，意外地看了一次画展，有了新的进步和认识。第一点，古时候的人物画往往不是画家在那里画着玩玩儿，而是认真的，受雇的，挣了银子的，所以一定要把主要人物画大，让人家高兴。第二点，那些次要人物又算是什么东西？只是道具而已，所以尽可能地画小，越小越好的道理在于要让主要人物看了高兴，但绝不能小到没有，没有了就没了衬托。比如高速公路上，一辆车也没有，只有重要人物的车寂寂驰过，又有什么意思？有一连几公里的车辆拥拥塞塞堵在那里衬托着，才会显出某种特殊的意味。

一八七五年，也就是清代的光绪元年。申浦两宜轩为皇室制作礼品专门送外国使者，这礼品是地图，做扇面形，既是地图而又要做扇面形，不合理却美观。这图便叫《大清一统廿三省地舆全图》，此图遵照上边的意思把日本、朝鲜和台湾画得格外大，大到格外不成比例。但这是上边的意思。上边的意思是：这扇形的地图既然是送给外国人的，所以要把他们的地盘画得大一些好让他们高兴，即使人家不高兴，起码也不敢惹人家生气。

看画展的时候外边雨下个不停，这正好让人思考许多问题。什么是大，什么是小，什么是比例，原不只是一个尺寸问题，也无关审美。就好像高速公路上那样多的车辆，会忽然一下子被忽视，被堵在那里不许动！不知道美国有没有这样的怪事？在埃及的绘画里，小人物一律也小，小小的跪在那里衬托着那些伟大的人物。历史是什么？历史只是一条不断延伸的线，这条线太长，需要用时间来丈量它的长度。时间过去了几千年，什么是大？什么是小？到今日还真不好让人说。想一想那些被封闭在高速公路上绵延十几里的车辆，再想想古典画面上那些比主要人物要小到好几倍的次要人物，心气竟然也能渐渐平和下来。

纸上的房间

　　很喜欢王时敏的一幅画，画面上重山叠嶂，林木相当幽深，当然还有细细亮亮的泉水从山上一级一级很有耐心地跌落。林木之中有小屋数椽，有一眉清目秀书生模样的人正在里边捧着书读。那山，那水，那画中的幽气真是让人想在世间找这么一处好地方，也好让人能在那里听听泉，读读书，写写字，看看帖，寻寻涧边细如发丝的幽草，访访世上大如车轮的旷世奇花，这才是神仙过的日子，但世上没有这样的好地方，这样的地方也只有在画中才能找到，我想正因为如此，人们才会喜欢绘画，才会喜欢倪云林和龚贤。文人们的书屋大多也都建筑在纸上，所以我们把这些房子只能叫作是纸上的房间。文人们也只好在纸上建筑他们的房间，一是文人总是穷，二是文人总是有很多的想法而无法一砖一瓦地真正实现起来。一旦实现起来又总是多灾多难，一如丰子恺先生的缘缘堂，给先生善良的心灵带来多少打击和创伤。什么是文人？文人大多是耽于幻想的人，神经总好像多多少少有些毛病，但这种毛病在某种时候又是好事，能安慰文人们纤细而敏感的心灵，比如没有房子可住，他却可以给自己取一个"万亩园"的堂号。比如他住的只是一间小小矮矮的老平房，他却可以给自己取一个"听风摘月楼"，文人是什么样的人？文人是可以苦中取乐的人，如果他不可以苦中取乐，他又有那么多知识，那他的痛苦就一定要比别人来得更多。我的一个朋友，住着一套糟糕的楼房，楼上总是往他的家中漏水，小区又总是不好好给修，水就那么一年四季涓涓不止，后来他干脆给漏水的地方开了一个小小的水道，用塑料管子把水接到阳台上，阳台上就经常那么"飞流直下三千尺"，我的朋友居然安之若素，并给自己的书屋取名为"听泉书屋"。

文人活在自己的精神田园里，文人的精神田园空前的漂亮而且是要什么有什么，梅花、竹子、兰草、太湖

201

石样样都有，如果他别出奇想，连原子弹和轰炸机他都能拥有。还是那句话，什么最丰富，想象最最丰富，只要饿不死，一个人就可以想象，就可以在想象中得到无边的乐趣。

还是说纸上的房间吧。

我的好友书法家殷宪的书房叫"持志斋"，因为他的北方口音，便让人听成了"吃纸斋"，什么才吃纸？我和他开玩笑说老鼠才吃纸，光吃纸行吗？还不饿坏，不如到"黍庵"讨些黍子吃为好。殷宪先生便又和我开玩笑，写一横披，上边写"黍庵"二大字，其左并有小字题跋，这题跋便是书生面目，竟有些学问的味道在里边，说什么"黍乃一种北方农作物，我们北方人吃黄糕离不开黍，黍一旦剥了皮子便叫'黄米'，黄米何物也，俚语便意之为妓。"调笑归调笑，文人的气节不能丢，穷虽穷，文人的面皮却要比千金都重。我的另一个诗人朋友力高才，其书屋取名为"耕烟堂"，这堂号取得让人心惊胆战，不是在云里耕，在云里耕还能耕出些雨来，他是在烟里耕，烟熏火燎且不说，从烟里掉下来可怎么好？我说他的堂号是无理取闹，即使理解为一边大抽其烟一边笔耕不辍也不好。青年书法家李渊涛的书屋名字是"清吟书屋"，吟分清浊可见其志向果然不同凡响，但不知他在他的小小屋子里怎么清吟，或者他自己觉得太冷清，取这么个堂号，希望别人去和他管弦和之？我的朋友武怀义的画室叫"大真禅房"，怎么大？怎么真？怎么禅？也让人说不来，我给他的禅房送了一副对子，上联是"横涂竖抹俱入画"，下联是"吃饭穿衣亦为禅"。老百姓的禅是什么？便是穿衣吃饭。

中国的文人们习惯给自己的小小住所起堂号，那都是些建筑在纸上的房间，纸上的房间总是能给人更多的想象，而想象可以使一个人生活得更浪漫一些。这是文人们给自己落实住房政策的一种方法，倒不必考虑是否超了平方米。如果考虑平方米面积，我的朋友米来德的书屋的名字直要把一些人吓死，他的书屋的名字是"万山排挞入窗共乐居"。这让人想到了地震，想到山摇地动，但他喜欢山，你也没有办法。我们现在的住房能看到山吗？站在阳台之上，我想能看到的也只是下边灰灰的平房屋顶和左左右右遮得连太阳都让人晒不到的楼房，楼房是山吗？楼房不是山，如果左左右右的楼房是山倒好了，可以让你欣赏山的千姿百态，但楼房毕竟不是山，你无法在城市的地面上建筑你心想要的房子，所以，你最好在纸上建筑你美丽的房子。

纸上的房子最美丽也最坚固。

跋

　　已是深夜，外边下起了雪，雪不大，是若有若无。因为前几天已经立春了，这便是春雪。

　　三本一套的《黍庵集》被北岳文艺出版社的朋友"集腋成裘"般慢慢成就在一起，在这深夜让人感到温暖。这些极散碎的文字，先是在《光明日报》《北京晚报》《羊城晚报》《今晚报》《文艺报》《文学报》《钟山》《上海文学》《长城》《散文》诸刊物上断断续续发表，尔后，便有了这三本。在这三本一套的散文集将要出版之际，原是要说些感谢的话，而一时又不知从何说起，客套话原是对陌生人说的，对多年的老友如果认真说起，倒像是在说什么鬼话，虽不说，日后也是要用茶酒来致谢的。虽然我近年来渐渐不胜酒力，喝茶却还可以。小说与散文，我原是喜欢散文的，因为我本是散文式的人，行止喜乐，均以适意为第一要义。

这套书的出版，还要感谢我的山东朋友宋以柱，花费了许多的时日帮助整理这些散碎的文字，并且写了校勘记，而原先准备要出薄薄的十多本的计划一旦改变，他的校勘记也只能用在日后的书里。

外边下着雪，希望这雪下得再大些，纷纷的，能给人更多的喜悦才好。

丁酉年立春后三日于大同